별이 있는 바다

별이 있는 바다

초판 | 1쇄 발행 2011년 3월 21일
지은이 | 차한수 · 펴낸이 | 김소양
편집 주간 | 김삼주 · 기획 제작 | 전민상
책임 마케팅 | 김겸성 · 온라인 마케팅 | 김미원, 장은혜
디자인 | 이현미, 양윤석, 윤나리

주소 | 서울 서초구 양재2동 299-5 남양빌딩 6층
마케팅 | 02-566-3410 · 편집실 | 02-575-7907 · 팩스 | 02-566-1164
블로그 | blog.naver.com/wrigle · 이메일 | wrigle@hanmail.net

발행 | ㈜우리글 · 출판 등록 | 1998년 6월 3일

ISBN 978-89-6426-032-6 03810
이 도서의 국립중앙도서관 출판시도서목록(CIP)은
e-CIP 홈페이지(http://www.nl.go.kr/ecip)에서 이용하실 수 있습니다.
(CIP제어번호: CIP 2011001174)

* 잘못된 책은 바꾸어 드립니다.
* 책값은 뒤표지에 있습니다.

별이 있는 바다

바람소리와 파도 소리가 들려오는 감성 에세이

차한수 지음

우리글

책머리에

지글지글 타는 봄볕을 마시며 여름 가득 피어오르는 젓볼락떼는 거대한 꽃밭이었다. 보리 뽈똥 넝쿨에 새눈이 보송보송 피어나는 절벽 아래 쪼그리고 앉아, 그 꽃향기에 취한 어린 시절이 있었다.

그 곳을 떠나 빙빙 돌다가 다시 제자리로 돌아와 화안하게 피어오르는 볼락 떼를 마냥 기다리고 있다.

오늘은 북두성이 큰 숨으로 빛을 불어내더니 놀란 별들은 하늘을 가르는 긴 운을 긋는다.

우리글 출판사의 후의에 고마움을 표한다.

이글이글 타는 봄의 몸짓이 저만치 보인다.

2011년 2월

운대재云臺齋에서 차한수

차 례

꽃밭에 말이 있다

참나무의 명상

파도소리가 내 가슴에

폭풍의 계절

물빛 같은 시

언젠가 나는 시작 메모에 '물빛 같은 시를 쓰고 싶다' 고 말한 적이 있습니다. 물빛은 빛깔이 없습니다. 하지만 물은 분명히 빛깔이 있습니다. 작은 시냇물이나 한 그릇의 냉수를 들여다보면 무색투명할 뿐입니다만, 큰 강이나 바다를 보면 분명 빛깔이 있습니다. 손을 담가도 흰 수건을 적셔도 물들지 않는 빛깔을 지니고 있습니다.

또 하늘을 보십시오. 하늘은 푸릅니다. 가을의 옥같이 푸른 하늘, 겨울의 회색 하늘, 이렇게 계절과 시각에 따라 얼굴을 달리 하기도 합니다.

이 같은 자연의 얼굴은 무한한 깊이를 지니고 있습니다. '빛깔이 없다' 라는 단정은 '있다' 라는 인식으로 통하는 말이 될 것입니다.

물들지 않는 빛깔도 분명히 빛깔입니다. 거기에는 형식이나 조형이 있는 것이 아니고 그저 존재할 뿐입니다.

영원하면서 순간적이고, 깊으면서도 얕고, 멀면서도 가까이 느껴지는 신비로움이 있습니다. 그러한 신비로운 형상과 유리된 또 다른 세계를 의미합니다.

이러한 세계를 바라보는 눈은 황홀해집니다. 눈은 마음입니다. 마음에 비치는 무수한 사상은 강물을 이룹니다. 강물은 파랗게 흘러갑니다. 변영로 선생은 그의 시 〈논개〉에서 '강낭콩 꽃보다 더 붉은 물' 이라고 노래했습니다. 진한 생명의 순수함을 표출하고 있습니다.

결국 황홀하게 바라보는 세계에 침잠하여, 그 무한한 깊이를 헤엄쳐 가는 것입니다. 그 깊은 심연으로 흘러가는 것은 절대 자유를 의미하는 것입니다.

지난겨울, 고창에 있는 〈도솔암〉이라는 작은 암자를 찾은 적이 있습니다. 마침 눈이 내리고 있었습니다. 하얀 함박눈이 펑펑 날리고 있었습니다. 아주 조용히 조용히 조심스럽게 쌓이고 있었습니다.

하늘도 눈이요, 숲도 눈이요, 길도 눈이었습니다. 그 속에 묻힌 나 자신도 눈이었습니다. 한 송이의 눈이 되어 내리고 있었습니다.

그리고 더 깊이 계곡을 따라 들어갔습니다. 영원한 시간 속으로 잠입하고 있었습니다. 오늘까지 걸어온 날들을 망각한 채 깊이 잠든 시간의 문을 열고 들어갔습니다. 그러면서도 이것이 진실이라는 것을 깨달았습니다. 거기에서 자신의 투명한 모습을 발견할 수 있었기 때문입니다.

손발이며 온 몸뚱이가 꽁꽁 묶인 채 허우적거리는 자신을 말입니다.

정작 이것이 나 자신임을 확인하며 눈 속으로 걸었습니다. 하얗게 쌓인 벼랑으로 더욱 눈은 세차게 내리지만 나의 내부에는 더욱 선명한 고뇌가 부활하고 있음을 느꼈습니다.

하얀 빛깔들은 큰 눈으로 나를 응시하고 있었습니다. 그것은 거대한 함성이었습니다. 그날 어둠을 밟고 암자에 도착하여 편지 한 통을 썼습니다.

선생님!

이곳은 선운사禪雲寺 도솔암입니다. 이 산사山寺는 눈 속 깊은 정적에 잠겨 있습니다. 그날, 선생님과 헤어져 다소 어려움을 안은 채 큰 맘 먹고 고창행 버스에 올랐습니다. 눈길을 따라 차는 달렸습니다. 눈에 덮인 들판이며 눈꽃을 이고 늘어선 숲은 저의 가슴을 두근거리게 했습니다. 게다가 함박눈이 펑펑 내리기 시작하니, 저는 순수한 자연의 가슴 속으로 젖어 들었습니다.

'오길 잘 했구나!' 하는 소리가 가슴 깊이에서 들려 왔습니다. 정읍에서 차를 바꿔 타고 선운사에 도착하니 함박눈은 더욱 세차게 내렸습니다. 꿈속 같은 정경입니다. 혼이 나간 사람처럼 걸었습니다. 줄곧 눈길을 따라 산중으로 산중으로 들어왔습니다.

내리는 눈은 눈 위에 앉아 눈을 바라보며 눈의 꿈을 걷고 있는 것 같습니다. 길을 막는 벼랑 위의 눈꽃 속에서 다섯 살 때 죽은 누이의 웃음을 보았습니다.

깜빡하는 사이에 그만 십여 미터나 되는 언덕 아래로 미끄러지고 말았습니다. 그리고 또 걸었습니다. 다시는 이 길을 돌아가지 않을 양으로 말입니다. 지천으로 쌓인 백색의 천지로 빨려 갔습니다.

수백 년이 된 듯한 잡목림은 이승이라는 생각을 잊게 했습니다. 산과 나무와 눈이 일체가 되어 거대한 원을 그리고 있었습니다. 그러다가 그들은 은근한 미소와 포근한 가슴으로 절 안아 주었습니다. 어둠이 깔렸을 때에야 겨우 이 암자에 도착했습니다.

하늘을 받쳐 든 수십 척 벼랑 위에 자리 잡은 암자는 송림과 대숲에 둘러싸여 있었습니다. 이 암자는 1300년경 신라 진흥왕 때 금단 선사金丹禪師와 의운선사義雲禪師에 의해 창건된 도량道場이라 합니다. 암자 건너편으로 우뚝 솟은 천마봉天馬峰은 하늘 위에 앉아 은근한 미소로 속세를 굽어보고 있습니다.

산에는 어둠이 빨리 옵니다. 어둠 속에서 두 젊은 스님은 돌처럼 앉아 있습니다. 중생을 제도할 불타의 미소가 그들의 가슴에 함박눈처럼 쌓이고 있는 것 같습니다. 촛불을 앞에 하고 있으니 생활에 깔린 일들이 무리져 내리는 소리가 왁자하게 지나갑니다.

창을 흔드는 거센 바람이 한바탕 맹위를 떨치며 지나갑니다. 산이 울고 대숲이 흔들리는 소리가 저의 가슴으로 쓰러집니다. 아래쪽 계곡에서 폭풍이 이는지 우레 같은 굉음이 밤새도록 끊이질 않습니다. 방 안의 촛불도 흔들립니다. 목이 말라 밖으로 나가 눈을 헤치고 얼음을 깨어 찬 물 한 바가지를 마셨습니다. 눈은 계속 내리고 있습니다. 하얀 주렴을 엮는 것처럼 서서히 내립니다. 대지를 밀어버릴 기세로 말입니다. 그리고 엄숙하게 쌓이고 있습니다. 칠흑 같은 어둠 속에서 꽃다발을 한 아름 안고 끝없이 내립니다. 이대로 계속 내리면 밤새 이 암자가 눈 속에 묻힐까 두려워집니다.

선생님!

이 같은 두려움은 저의 심중에 자리한 속된 욕망의 불길이라 생각됩니다. 이곳까지 찾아 온 것은 아무런 이유가 없습니다. 그저 왔을 따름입니다. 그런데 이렇게 마음이 무거워지는 것은 무슨 까닭입니까. 문을 열었습니다. 살을 에는 찬 기운이 칼날처럼 엄습하여 옵니다. 눈은 더욱 세차게 내립니다. 눈을 인 대숲이 머리를 조아리며 몸부림을 합니다. 촛불이 가까스로 살아납니다. 저는 한 송이 눈이 되어 대지에 내립니다. 이것은 착각이 아닙니다. 진정 한 송이 눈이 되어 저 백의 천지에 어우러지는 자신을 바라보고 있습니다.

선생님!

요즈음 저는 눈물을 잘 흘립니다. 오늘을 살아가면서 어쩌다가 작은 진실을 만나게 되면 울컥 얼굴이 뜨거워집니다. 그러면 눈물이 흘러내립니다. 저는 이 눈물을 숨겨야 했습니다. 눈물이 부끄러운 것입니까. 이러한 현상을 나이 탓이라는 분도 있습니다. 한두 나이가 더하면 센티멘털하게 된다고 합니다. 그런데 꼭 그런 것만은 아니라는 생각이 듭니다. 인간의 순수한 성정은 변질될 수 없는 것이기 때문입니다.

그런데, 오늘은 눈물이 나오질 않습니다. 이 산중 작은 암자의 어둠을 적시는 눈 속에서 저는 오히려 가슴이 아파옵니다. 세상을 벗어난 현실이 더 솔직하게 저를 괴롭히고 있습니다. 신이 창조한 자연에 비친 저의 초췌한 모습이 보입니다.

또 목이 마릅니다. 눈은 조금도 쉴 줄 모르고 펑펑 쏟아집니다. 세계의 종말이 올 때까지 쏟아질 것 같습니다. 제가 남기고 온 발자국은 이미 눈 속에 묻혀 있을 것입니다. 그 흔적은 더욱 깊이 잠들어 있을 것입니다. 부끄러운 흔적들이 눈보라 속에서 꿈틀꿈틀 일어나고 있을지도 모르겠습니다.

이것들을 거느린 저의 육신을 이 눈 오는 밤에 활활 불태웠으면 싶습니다.

"야아 오-o"

추위에 지친 산고양이가 창 밖에 와서 울다가 갔습니다. 눈은 계속 내리는데.

이것이 편지의 전문입니다. 시에 대한 나의 자세이기도 합니다. 앞에서 말한 바와 같이 '물빛 같은 시' 는 빛이 없으면서 있고, 빛이 있으면서 확인할 수 없는, 그러한 자연을 시에서 찾아보고 싶은 것입니다.

어떤 일정한 흐름이나 형식을 두고 하는 말이 아닙니다. 그것을 벗어난 절대시의 공간을 걷고 싶다는 말입니다.

창가에 서서

겨울이 왔다. 창밖에 보이는 산등성이가 한층 을씨년스럽게 느껴진다. 소나무와 도토리나무가 섞인 울창한 숲은 그래도 따뜻한 훈기와 정취가 남아있다. 아직까지 잎이 지지 않은 도토리나무는 단풍이 든 채 겨울을 날 모양이다.

이제 날씨는 영하로 떨어지고 비바람이 모질게 내려친다. 숲은 온통 빗속에 묻혀 자욱한 물안개가 환상처럼 펼쳐졌다. 숲 속 여기저기 우뚝우뚝 솟아있는 바위가 신비롭기까지 하다.

나는 창가에 서서 빗속에 젖고 있는 나무와 마른 풀이며 바위를 보고 있다. 비에 젖은 산은 말이 없다. 비바람은 더욱 세차게 일어났다. 잎이 흔들리고, 가지가 흔들리더니, 온 산이 흔들린다. 유리창은 빗물로 흐려졌다. 산등성이가 잘 보이지 않는다. 나무들도 물안개에 젖어있다. 깊은 물속에 서 있는 느낌이다. 유리창을 타고 내리는 빗물을 보며, 정지용의 시 한 편을 생각했다.

유리에 차고 슬픈 것이 어른거린다.

열없이 붙어 서서 입김을 흐리우니

길들은 양 언 날개를 파닥거린다.

지우고 보고 지우고 보아도

새까만 밤이 밀려나가고 밀려와 부딪치고,

물먹은 별이, 반짝, 보석寶石처럼 박힌다.

밤에 홀로 유리를 닦는 것은

외로운 황홀한 심사이어니,

고운 폐혈관肺血管이 찢어진 채로

아아, 늬는 산새처럼 날아갔구나!

– 〈유리창〉

이 시는 아들의 죽음을 슬퍼하면서 쓴 시라 한다. 조용히 뇌어 본다. 깊고 깊은 겨울밤, 꽁꽁 얼어붙은 계곡의 얼음장 밑으로 흐르는 물소리가 들리는 듯하다. 이 시에는 여러 가지 이미지가 조화를 이루어 시적 정서를 형성하고 있다. 머클리쉬는 시의 언어는 이미지의 활용으로 만들어져야 한다고 강조한 바가 있다. 이것은 이미지가 문학적 표현 수단으로써 지성보다는 상상력에 그 비중을 두고 있다는 뜻의 말이다. 그리고 프린스톤 대학의 《시학사전》에서 이미지image와 이미저리imagery를 설명하는 가운데, 이미지에 대한 설명을 보면 다음과 같다.

"이미지는 신체적 지각에 의해 일어난 감각이 마음속에 재생된 것이다."

이 말은 '신체적 지각이나 기억, 상상, 꿈, 열병 등에 의하여 마음속에 생산된 것' 이 이미지라는 이야기이다.

위의 시 가운데 '차고 / 슬픈 / 입김' 등과 같은 시어는 촉각이미지로 '어른거린다 / 먼 날개를 파닥거린다. / 지우고 보고 지우고 보아도' 등은 시각적이면서 역동적인 이미지로 나타난다. 그리고 '물먹은 별이 빤짝 보석처럼 박힌다.' 는 다감각적인 이미지로 시의 영역을 보다 확대하면서 정서적 깊이를 더하고 있는 것이다.

이 같은 현상은 '지우고 보고 지우고 보아도 / 새까만 밤이 밀려 나가고 밀려와 부딪치고' 에서 더욱 두드러지게 나타난다. 이것은 '밤에 홀로 유리를 닦는' 행위와 '외로운 황홀한 심사' 로 표상된다. '새까만 밤' 의 이미지는 어둠이다. 어둠은 저승을 상징하기도 한다. 이것은 유리창의 이쪽과 저쪽의 상황에서 더욱 구체적으로 나타난다. 유리창의 저쪽은 저승이고 이쪽은 이승이다. 아무리 어둠을 지워도 지워지지 않는 비극성은 더욱 '폐혈관肺血管이 찢어지는' 아픔으로 확대된다. 어둠 속에서 '물먹은 별이 보석처럼 박힌다.' 는 형상은 바로 아들의 영혼 그것이다.

결국 유리창이라는 객관적 상관물에 의한 정서적 효과는 '아아, 늬는 산새처럼 날아갔구나' 로 귀결된다. 자연과 인간이 합일한 영원한 신비가 밴 목소리이다.

창밖에는 계속 비바람이 몰아치고 있다. 창문을 열었다. 비바람이 밀어닥친다. 차가운 기운이 가슴에 와 닿는다. 비에 젖은 바위가 보인다. 젖은 나무도 바람이 가는 쪽으로 온몸을 흔들며 몸부림을 치고 있다.

내 유년의 바람도 지나간다. 내가 여섯 살 땐가 어린 여동생이 열병으로 저승으로 갔다. 인조견 치마저고리 곱게 입고, 작은 꽃상여 타고 산으로 갔다.

온 산은 봄이 한창인데 그 어리디 어린 다리로 저승길을 떠난 것이다. 여기저기 봄꽃은 만발하고, 개울물이 흐르는 동네를 뒤로 하고 아득히 떠나던 기억이 새롭다.

'지우고 보고 지우고 보아도 / 새까만 밤이 밀려 나가고 밀려와 부딪치고 / 물먹은 별이 빤짝 보석처럼 박힌다.' 내 어린 여동생의 별도 하늘 어딘가에 반짝이고 있을까.

그래도 비는 계속 내리고 날은 저물고 있다. 젖은 산등성이로 어둠이 걸어온다. 이 밤이 가고 나면 비가 개고 바람도 자겠지. 그리고 동녘 하늘에는 빛나는 태양이 솟아오를 테지.

모두가 바람 같은 것

사람이 사는 것도 계절의 순환논리와 무관하지 않은 것 같다. 환절기가 되면 그때마다 새로운 느낌을 맞이하게 된다. 봄 여름 가을 겨울이라는 사계는 분명한 몸짓으로 스스로의 세계를 나타내는 질서가 있기 때문이다. 이러한 흐름에 의해 생활의 변화가 이루어짐으로써 개개인은 새로운 활력을 불러일으키는 계기가 되고 있다고 하겠다.

문단활동이라는 것도 어디까지나 개인적인 성과를 위한 과정이다. 여러 단체에 참여하여 문학운동을 하는 것과는 별개의 문제라 생각된다.

지난 날 문단에 등단하기까지의 고뇌와 시련을 반추하던 계절을 돌아보면 가슴이 뜨거워진다. 그 뜨거움을 안고 오늘을 사는 것도 그나마 위안이 된다는 생각을 하게 된다.

먼 길을 걸어오는 동안 이런 저런 일에 참여하여 보았지만 시간이 지나면 모두가 바람 같은 것뿐이었다.

이런 생각을 하다가 자신이 하는 일이 '어떠한 구실을 하는가' 그리고 '그것이 어떠한 것인가' 라는 점에 대해 생각을 해 본다.

'어떠한 구실을 하는가' 라는 문제는 상당히 정치적인 색채가 강하게 드러난다. 어떠한 구실을 한다는 것은 대상에 대한 목적에 초점을 두고 어떠한 성과에 대한 기대를 두기 때문이다. 이는 내용보다 형식에 치중함으로써 본질적인 탐구의 정신에서 멀어져버리고 만다. 그러니 빈 수레처럼 요란하고 맛이 가버리기 마련이다.

하지만 '그것이 어떠한 것이냐' 는 가치관이 형식보다 내용에 초점을 두게 된다. 무엇보다 존재에 대한 본질적인 면을 성찰하는 자세라 할 것이다. 이런 점에서 어떤 틀에 묶여 있다는 것은 커다란 고통일 수밖에 없다. 스스로를 얽어맨 사슬을 베어버린다는 것이 참으로 귀중한 자세라는 것은 지극히 평범한 진리이다. 평범하기 때문에 더욱 어렵다는 것을 피부로 느낀다.

시는 자신이 체험한 다양한 내용을 정제된 언어로 표현하는 양식이기 때문에 다른 문학 장르보다 상상력이 중요시 된다. 콜리지는 상상력을 어떤 대상이나 세계를 인식하는 기본적인 지각 능력과 대상을 재구성하고 부분을 통합하는 의식적인 생산 작용으로 구분하고 있다. 어떤 틀을 벗어나 개인의 독창적인 사유와 의미의 창출은 하나의 존재가 어떠한 것인가에 대한 탐구이다. 상상력이 창조의 원동력이 되기 때문이다.

다시 말하면 대상을 현학적으로 파악하는 것이 아니라 그 내부에 존재하는 본질을 파악하여 대상과의 진정한 만남에 이르게 하는 것이다. 즉 어떤 대상의 표피를 뚫고 내부에 있는 본질을 포착하려는 정신 운동을 말한다. 이것은 시인의 특권이다.

결국 형식과 내용을 두고 말할 때 형식이 하나의 장식이라면 내용은 신성한 생명의 맥박이라 할 것이다.

이렇게 볼 때 문단활동이라는 것 또한 본질 탐구를 전제한 형식적인 역할일 뿐이라는 생각을 하게 된다.

말하자면 '문제와 방향' 이라는 논의를 놓고 볼 때 상당히 이기적인 독소가 내재하고 있다는 사실을 알게 된다. 그러므로 그러한 형식에 중점을 둘 게 아니라 어디까지나 자신의 내적 세계를 건강하게 열어가는 정신이 핵을 이루어야 된다는 사실이다.

최근에 간행한 시집《귀가 운다》서문에 "여기까지 위태위태하게 걸어오면서 시간은 가는 것만이 아니라 서서히 오고 있다는 것을 알았다. 크고 작은 시간을 짊어진 어깨가 무겁다. 매일 그 무거움을 벗으려는 몸이 아프다. 삭막한 겨울을 살면서 '가지지 않고 가지는 자유' 를 생각해 본다"고 썼다.

시간은 가는 것만이 아니고 오고 있다는 인식은 형식을 넘어선 무한한 가능성을 시사한 말이다. 시인 이상의 시 〈거울〉이라는 작품에서 보듯이 '거울' 이라는 시의 공간은 우리가 알고 있는 현실적인 차원의 세계가 아니다. 거울 속의 '나' 와 거울 밖의 '나' 라는 존재를 대비한 공간이다. 거울 속의 세계에 대한 인식은 정반대로 나타난다. 현실적인 자아와 이상적인 자아 사이에 일어나는 의식의 갈등은 현실적인 허위의 탈을 쓴 '나'로 인한 현상이다. 그렇다고 현실을 떠난 삶의 공간이란 있을 수 없는 일이다.

현실적인 여러 상황에 맞서는 투쟁이나 비판, 경쟁 위주의 상업주의에 얽매어 동물적인 쾌락, 초조, 분노, 기만의 늪에 빠져서는 안 된다. 땅에 뿌리를 내리고 자라는 식물처럼 현실에 바탕을 두고 얼마든지 상상의 세계를 펼 수가 있는 것이다.

얼마 전 〈장안사〉라는 절을 찾았다. 온통 흰 눈을 덮고 있는 풍경들은 마치 내가 선계에 들어선 듯한 느낌이다. 게다가 푸른 대밭. 곧게 자란 참대가 하늘을 찌르며 서 있다. 대밭으로 들어섰다. 바다 속 같은 정적이 흐른다. 환청인지 어디서 날 부르는 소리가 들린다. 이리저리 둘러보아도 아무것도 보이질 않는다. 다시 귀를 기울여 본다. 새소리 같은 소리가 들린다. 자세히 살펴보니 댓속에서 새어나오는 달빛 같은 가락이다. 댓속으로 빨려 들어선다. 대의 내부에는 푸른 말이 산처럼 쌓여있다.

주름 없는
시간을 마디마다 새겨놓고
속으로만 쌓인 한恨이

모락모락 타오르네

– 〈오죽烏竹〉 전문

그렇구나. 속은 텅 비어 있지만, 거기에는 알아들을 수 없는 그들만의 이야기가 가득하다. 우주의 어느 행성이 아닌가 싶다. 옥색 하늘과 댓잎이 어우러져 신비로운 세상이 열리고 있다.

죽순 하나가 쑥쑥 자라 대가 된 자신을 발견하고 깜짝 놀랐다. 하늘을 흔들어 본다. 왜 이렇게 편안할까. 편안하다는 것이 어떠하다는 느낌을 가지게 한다. 현실과는 너무나 먼 세상이다. 그 먼 곳이 바로 내 곁에 있는 자연이라는 것이 너무나 신기하다. 인간은 자연을 어떻게 해서라도 편리하게 파괴하고 방치하다가 필요하면 그 곳을 찾으며 살아가고 있다. 하지만 자연은 아무런 반응을 보이지 않는다. 그저 자연일 뿐이다. 진정 자연을 자연이게 할 수는 없을까.

이처럼 문단도 자연의 자세로 서야 될 것 같다. 곳곳마다 일어나는 이기적 갈등으로 훼손되는 정신세계는 그야말로 자연스럽게 고립될 수밖에 없는 실정이다.

요즈음 경향 각지에는 크고 작은 문학단체가 많이 있는 것 같다. 단체마다 어떤 성과를 이루기 위하여 노력을 아끼지 않는다. 긍정적인 생각도 든다. 하지만 인간이 자연을 훼손하는 것처럼 진정한 인간을 탐구하기 위한 참 문학 정신을 조금이라도 파괴하는 일이 있다면 너무나 큰 불행이 아닐 수 없다.

자연의 품속에는 나무, 돌, 풀, 꽃, 공기, 곤충, 동물, 새들이 모두 어울려 자유롭게 상생하고 있다. 그렇다고 자연은 특권을 누리지 않는다. 다만 조화로움을 위하여 힘을 쏟고 있다는 것을 볼 때 부끄러워질 뿐이다.

방울새는 울고

처서가 지나니 가을이 성큼 다가선 것 같다. 그 무덥고 뜨겁던 한발은 풀이 죽었지만, 기상의 이변이나 환경오염으로 인한 갖가지 기현상은 현대를 사는 우리들의 어깨를 무겁게 한다. 뿐만 아니라 이질화되어가는 정신적 기류 또한 갈피를 잡을 수 없을 만큼 혼돈의 단계에까지 이른 듯하다.

우리는 이러한 기류를 표류할 것이 아니라 나름대로 자아의 세계를 구축하는 데 최선을 다해야 할 계절이 온 것 같다. 그런 작업의 일환으로 시를 보는 것, 듣는 것, 암송하는 것, 생각하는 것이 그 방법의 하나가 아닌가 생각된다.

H 도서관에서 학생 5백 명을 대상으로 설문 조사를 한 결과에 의하면, 시 한 편을 바르게 암송하는 사람이 30%에 불과하다고 한다.

왜일까. 시가 우리를 괴롭히기라도 한다는 걸까. 그런데 언론기관이나 사회단체에서 시를 읽자는 계몽과 함께 그 참여도를 보면 청년층

보다 중년층이 훨씬 높다고 한다. 그럴 수도 있을 것이다.

헤겔은 “인간은 모방에 의한 걸작을 창조한 것보다 망치와 못을 발명한 것을 더 자부해야 한다”고 하였고, 스피노자는 “사물에 대한 지적 사랑은 그것의 미점을 이해하는 데 있다”는 말을 하였다.

이 두 학자의 이야기는 그 구심점이 각기 다른 데에 있다. 전자는 실용적인 면을, 후자는 미학적인 면을 강조한 것으로 이해된다. 그렇다고 해도 그 귀결점은 일치하고 있다는 것을 알 수 있다. 이는 망치와 못은 결국 미적 요소를 창조하는 역할을 수행하기 때문인 것이다.

시가 문화 예술의 핵심에 기초한다는 것은 주지의 사실이다. 문화인류학적인 측면에서도 시적 유산을 풍부하게 간직하고 있다는 사실 또한 증명되고 있다.

시는 언어 표현 중에서 가장 응축된 형식이다. 그래서 시의 난해성 문제가 대두된 것이다. 19세기 말과 20세기 초반 상징주의 이래 이러한 난해성 문제가 커다란 숙제가 된 것이다.

또한 자연주의 이성법칙 및 과학적 객관성을 거부하고 인간정신의 깊이를 발굴하려고 노력한 상징주의는, 언어의 표현을 극복하기 위하여 상징과 은유와 유추와 같은 수사법에 의지하지 않을 수 없었다. 따라서 현대시의 난해함이 대중과 멀어지게 된 원인이 되었다고 알고 있다.

1980년대에 있어서 시는 인간의 인간적 가치를 옹호하려는 본성과 노력에 의해 새로운 지평을 전개하고 있다는 사실이다.

이처럼 시는 인간의 정신을 밝히고 생활을 여는 혼용적인 면도 있다. 그러면 박용래의 시 〈별리〉에 대해 살펴본다.

> 노을 속에 손을 들고 있었다, 도라지 빛
>
> – 그리고 아무 말도 없었다.
>
> 손끝에 방울새는 울고 있었다.
>
> – 〈별리〉 전문

위의 시는 이별의 정경과 아픔을 절실하게 표상하고 있다. 이별의 모습이 처절하게 가슴을 찌르는 듯하다가, 정한의 고통이 다시 고요한 정적 세계로 안정된다. '노을 속에 손을 흔들고 있었다, 도라지 빛'으로 형상되면서 별리의 아쉬움과 수많은 대화를 시적 화자는 '아무 말도 없었다'로 함축하고 있다.

시인의 내적 자아는 실제의 '방울새'로 변용되어 존재론적 세계를 형성하면서 '손끝에 방울새는 울고 있었다'로 귀결된다. 속으로 스며든 이별의 아픔이 방울새의 의성음을 상상함으로써 시적 현실을 아름답게 구축하였다.

풀잎 같은 나의 가슴

초여드레 달빛이

옷섶을 가늘게 흔들고 있네

갈대 잎도 겨울을 흔들고 있네

바람이 된 그대 생각에

무덤이 떠 있는 해변을 바라보면

전생의 그리움이

저 바다에 반짝이고 있네

– 〈별자리 · 5〉 전문

사람은 자연의 순리를 거역하고 살 수가 없다. 작은 풀잎이나 천남성의 울음소리가 귀에 잠잠 울려온다.

참꽃이 만발한 등성이로 산그늘이 내리고 개구리가 울어대는 논두렁을 어루만지는 봄의 입김이 가슴에 살아난다. 다섯 살 작은 손가락이 꽃더미에 묻혀 참꽃을 따먹던 그날이 눈물처럼 서려온다.

중학교 1학년 땐가 책보를 들고 바쁘게 대문을 박차고 뛰어나갔다. 예나 지금이나 아침은 언제나 바쁘다. 그런데 언제부터인가 우리 뒷집 대문에 신비로운 전설이 일어나고 있었다. 예쁜 세일러복을 입은 여학생이 같은 시간에 문을 나서는 것이다. 커다란 사건이 아닐 수 없다. 그렇지만 아무 일도 없는 것처럼 책보를 들고 더 빨리 뛰었다.

그러면서도 머리 속에는 세일러복이 지워지질 않으니 보통일이 아니다. 그렇게 6개월이 지났다. 그러던 어느 날 우연히 눈이 마주쳤다. 가벼운 미소가 지나갔다. 순간 아무것도 보이질 않았다. 그저 어디라도 달려가야만 했다.

그날 이후 책을 보면 책 속에서 고운 미소가 살아나고, 먼 산을 보아도 그 눈빛이 반짝인다. 고개를 저어보아도 마찬가지다. 큰일이다. 왜 이런 일이 일어나는 지 알 수가 없다.

그렇게 몇 달이 지나고… 또 하나의 사건이 일어났다. 늘 대문을 나서던 그 시간이 되어도 세일러복은 소식이 없었다. 학교를 쉬고 종일을 기다려도 그림자도 보이질 않았다. 며칠이 지나도 대문은 그대로 닫혀 있었다.

뒤에 안 일이지만 세일러복의 아버지는 공무원이었다. 어느 날 어딘가로 이사를 가버린 것이다. 하지만 풀잎 같은 나의 가슴에 남아있는 작은 미소는 청초한 이슬을 머금고 지금도 그대로 살아 있다.

해금강의 숨소리

구천계곡을 지나 해금강에 오니
바다는 신들의 웃음소리로 넘실거리고 있네.
거제 남부중학교 접장 윤 선생을 찾았더니
삼 년 전에 세상을 하직하셨다는 목소리가
굿니처럼 밀려오네.
엄동의 추위에 빨갛게 타오르는 동백이 되었는지
율포 앞바다를 날고 있는 물새가 되었는지
갈고지 마을 서쪽 하늘에 활짝 핀 노을이
목이 메어 웃고 있네.

– 〈초승달〉 전문

그 해 겨울은 몹시 추웠다. 어디론가 떠나지 않고는 배길 수가 없었다. 어디로 갈까. 망설이다가 해금강으로 가자 마음먹고 겨울을 따라 떠나기로 했다.

일단 고속도로를 타니 가슴이 후련해졌다. 날씨도 추운데다가 평일이라 차들이 순조롭게 빠지니 한결 상쾌했다. 마산을 지나 고성을 뒤로 하고 통영을 향해 달렸다.

거제 대교를 건너니 바로 여기가 거제 땅이다. 어느 쪽으로 가나 망설이다가 남부로 가기로 했다. 남부로 가는 거다. 눈 속으로 들어오는 겨울 바다를 따라 가는 거다. 파란 파도의 이야기가 가슴에 와 닿는다.

둔덕이다. 연도에 고 청마 시인의 시비가 서 있다. '청마 고향 시비'라고 쓴 거대한 비에는 〈거제 둔덕골〉이라는 시를 새겨 놓았다. 청마의 고향 둔덕 사람들이 따뜻한 정성을 모아 이 시비를 세웠다고 한다.

꿈속 같은 해변 도로를 따라 갈고지 마을에 도착하니 해가 질 무렵이었다. 모질게 불어오는 갯바람은 귀를 에는 듯했다. 인적이 없다. 한적하다. 우선 숙소를 정하고 해변으로 갔다.

해금강이 내려다보이는 언덕으로 올랐다. 동백 숲이 울창하다. 검푸르게 빤짝이는 이파리와 매서운 추위를 머금은 채 빨갛게 피어 있는 동백의 청담한 모습에 고개를 숙일 수밖에 없었다. 바람 소리와 파도 소리에 묻어오는 물새 소리는 보석처럼 빛났다.

어둠이 왔다. 어둠뿐인 바다. 하늘을 가린 수많은 별들만 어둠을 수놓고 있었다. 서녘 하늘에 빗겨 누운 초승달이 날 내려다보고 있었다.

주막으로 갔다. 저녁 겸 소주 한 병을 시켰다. 차가운 해풍도 따뜻하게 느껴졌다. 날 부르는 소리가 들렸다. 바람과 파도의 가슴으로 파고드는 몸부림이었다.

부산 동광동에 가면 '골목집' 이라는 작은 주막이 있었다. 골목 깊숙이 자리 잡은 구식 건물이라 천정도 낮고 방도 작아 답답하기는 했지만, 주인이 덤덤하고 정이 넘칠 뿐 아니라 안주 솜씨가 후해 술시가 되면 주객들이 줄을 이었다. 모이는 분들은 거개가 면식이 익은 분들이라 꽤나 맛이 나는 분위기였다.

어느 날 이 자리에서 거제 남부중학교에서 교편을 잡고 있다는 윤 선생을 알게 되었다. 정이 가는 분이었다. 그 후 몇 차례 더 만났다.

"해금강에 오시는 일이 있으면 꼭 찾아 주이소."

간곡한 목소리에 감격하였다.

"꼭 찾아야지…"

마음먹었다. 세월이 흘렀다. 몇 년 동안 한국을 떠나야 될 일이 생겼다. 이참에 어디라도 시원히 다녀오고 싶었다. 그래서 해금강을 찾게 된 것이다.

밤은 자꾸만 깊어가고 있었다. 10시쯤 되었을까. 섬의 10시는 한밤중이다. 윤 선생이 생각났다. 얼큰한 김에 수화기를 들었다.

"남부중학교 숙직실입니다."

"수고하십니다. 죄송하지만 윤 선생 전화번호 부탁드립니다."

"옛…"

아무 대답이 없다. 수화기는 무거운 적막을 밀어 올리는 듯했다.

"여보세요. 여보세요. 윤○○ 선생 말입니다."

"예예… 그런데 윤 선생은 삼 년 전에 별세하였는데…"

"…아, 죄송합니다."

수화기 속에서 물새 소리가 길게 들렸다.

"그랬구나!"

어둠은 더욱 어두워지고, 바람 소리는 더 커지고, 파도 소리는 밤의 성을 쌓는지….

나는 소주 한 병을 단숨에 마셨다.

청사포에서

솔밭은
솔들의 기침 소리로
정적은 깊다.

산비둘기 한 쌍이
숲 속을 헤엄칠 때
정적은 더욱 깊다.

동이 트는
바다의 육신이 돌아누우면
정적은 자꾸만 깊다.

－〈청사포〉 전문

청사포는 따뜻한 갯마을이다. 동북서로 둘러싸인 언덕에는 사철 꽃이 피던 고장이다. 인제는 차도도 넓어지고, 해안을 매립하여 높은 집도 생기고, 횟집이 즐비하니 옛날의 정취는 찾을 수가 없다.

하지만 청사포의 용모는 달라졌지만 그의 마음만은 변할 수가 없다. 나는 짬이 나면 청사포가 내려다보이는 오솔길을 걷는다. 이 길은 청청 우거진 숲 속에 누워 있다. 둘러보면 소나무 도토리나무 상수리나무 사철나무 싸리나무 후박나무 오리목 아카시아 두릅 산초 등 많은 수목이 울창하다.

언덕배기 군데군데 자라는 꽃은 신비로운 웃음을 머금은 채 언제나 날 반갑게 맞아준다. 지금은 인동초 향기로 숲은 온통 술렁거리고 있다. 여기저기 달맞이꽃 제비꽃 애기풀 삼년초가 자라는가 하면 좁쌀만한 꽃을 피운 메꽃은 이름을 알 수가 없다. 들여다보고 있으면 어리광을 부리는 듯 싶다. 동이 트고 아침 햇살이 깔리면 온갖 초목은 기지개를 켜고 큰 숨을 쉰다. 하얗게 핀 삘기며 방울방울 맺힌 이슬들의 축제가 한창이다.

이 길은 기분 좋게 걸으면 왕복 한 시간 정도의 거리지만 오르막 내리막이 있는가 하면 쭉 뻗은 평지도 있다. 한 사람이 지날 정도의 좁은 길에는 솔갈비가 쌓여 북신북신한 감촉에 발바닥이 간지럽다.

고개를 들면 망망한 대해가 묵묵하다. 눈 속에 들어오는 오륙도의 묵묵함을 바라다보면 내 유년의 섬들이 선연히 떠오른다.

동백꽃이 붉은 벼랑이 늘어서 있고, 벼랑으로 흘러내린 넝쿨에는 보리뽈똥이 싱그럽다. 봄멸떼가 밀리는 백사장은 아무런 말이 없었다. 더구나 누렇게 익은 보리밭은 꿈속처럼 아련하다.

귓전을 때리는 파도소리에 정신을 차리면 발아래 하얗게 부서지는 파도는 태고를 수군거리고 있다. 뒷산에는 장끼의 목멘 소리가 정적을 깨고, 멧새들의 이야기는 바람 속에 차근차근 녹고 있다. 동해남부선을 달리는 통근 열차의 기적이 해안선을 따라 아련하다.

이 모든 소리의 적막함이 만개 잎 넓은 허리에 쌓이는 것을 어떻게 할까. 모든 소리가 크고 깊을수록 정적은 정적으로 쌓이고 있으니….

생명에 대하여

현재 간행되고 있는 수많은 계간지의 주된 흐름이 어떤 것이라고 꼬집어 이야기하기에는 다소 무리가 따른다는 생각이 든다. 어떤 비평가는 현재 한국 시가 당면하고 있는 문제에 대해 심각한 우려를 표하고 있다.

다시 말하면 1990년대에 이르러 한국 시의 변화가 가속화되고 있는 문제점에 대해 '제도의 붕괴' 와 '가치 상실' 이라는 '부정적인 시각' 과 '문학관 내지 시관의 변화 현상' 이라는 긍정적인 면에서 비판하고 있는 것이다. 어쨌든 이것은 '한국 현대시의 위기 현상' 으로 극복되어야 할 문제로 지적된다.

이와 같이 우리 시단에 팽배하고 있는 '메시지 편중주의' 나 '과격실험주의' 는 우리 시가 세워온 위상을 저해하고 있다는 것은 사실이다. 그러나 이러한 변화의 물결은 우리 시의 전통 위에 새롭고 신선한 생명력을 불어넣고 있다.

여기서는 편의상 몇 계간지에 실려 있는 시편에 대해 살펴보고자 한다.

우선 신경림의 〈임진강에 가서〉(《창작과 비평》 1991년 가을)는 민족의 비애와 뜨거운 피의 진실과 자유와 의지가 리얼하게 표상된 시편이다.

강물이 쇠줄에 꽁꽁 묶여 있다
아가미와 사타구니에 쇠막대를 꽂고
철철 시뻘건 피를 흘린다
등가죽의 비늘이 쇠붙이와 화약의
번들거리는 독으로 뒤범벅이 되어
입과 코에서 내뿜는 독한 김이
천리 안팎 풀을 누렇게 말리고
거꾸로 제 몸에 흉한 상처를 낸다
전쟁이 나던 날처럼 비가 오면
손발 묶은 쇠줄을 끊겠다 몸부림치며
온몸에 밴 독을 토해내느라
목청껏 소리를 뽑기도 한다
그러다가 미친 듯 강 밖으로 뛰쳐나와
묶인 손으로 들판을 헤집고 할퀸다

– 〈임진강에 가서〉 부분

이 시의 논리는 '강물이 쇠줄에 꽁꽁 묶여 있다' 는 비극적 현실 인식에 근거를 두고 있다. 묶여 있기 때문에 피를 흘리고, 풀을 누렇게 말리고, 상처를 내고, 소리를 뽑기도 하고, 헤집고 할퀴게 된다.

이러한 행위는 꽁꽁 묶인 강물의 변형된 모습이다. 이것은 강물이 생명력을 상실한 데서 연유하고 있다. 그런데 이 시를 성공으로 이끌고 있는 요소는 '손발 묶은 쇠줄을 끊겠다 몸부림' 치는 극복의 정신에서 찾을 수 있다.

그러나 여기에는 또 하나의 비관적 현상이 드러난다. 쇠줄에 묶인 강은 밖으로 뛰쳐나와 '똑 같이 쇠줄에 꽁꽁 묶여 / 피를 흘리며 이 땅에 사는 사람들의 / 가엾은 몸과 마음을 헤집고 할퀸다' 는 사실이 그것이다.

이처럼 신경림은 쇠줄에 꽁꽁 묶인 강물과 같이 사는 사람들의 진정한 자유에 대한 희구를 절실하게 표상하고 있다.

그런데 이동순의 〈걸신〉(《시와 시학》 1991 가을)에서도 수난 체험을 기조로 한 현실인식을 건강하게 표출하고 있다.

빈 창자 속에서
아우성치는 걸신을 때려눕히는 일에만
골몰하던 시절이 있다
(중략)

사람들은 걸신 따위는 없다고 말한다
그러나 걸신은 온갖 잡동사니로 포만한 창자로 빠져나와
사람들의 머리 속으로 숨어 들어갔다
말할 수 없이 황폐하고
언제나 텅 비어 있는 거기에는
걸신이 뿌리박고 살기에 아주 좋은 곳이다
-〈걸신〉 부분

현대인은 정신이 비어 있다. 허망한 욕망으로 가득 차 있다. 이로 인해 삶의 가치관을 잃어버린 사람들의 불안의식은 상실과 단절이라는 세계관을 드러낸다.

'자고 나면 증권 부동산 따위를 먹어치우려는 / 저 굶주린 걸신이 아무리 난장을 쳐대도 / 사람들은 그것이 저 자신의 짓인 줄을 모른다' 는 자아 상실은 오늘의 비극이 아닐 수 없다.

이상에서 살펴본 시편들은 '메시지 편중' 이나 '과격 실험' 도 아닌 삶의 진실이 어디에 있는가를 제시하고 있는 것으로 이해된다. 그리고 철마다 간행되고 있는 많은 계간지들은 그들 나름의 성격을 가지고 한국시의 발전에 기여했으면 하는 기대를 해 본다.

폭풍의 계절

1

문학의 길은 누구나 걷는 것이 아닌 성싶다. 그저 재미로 하는 여기가 아니기 때문이다. 그렇기 때문에 더욱 매력이 있는 길인가 싶다. 이는 꼭 나무가 자라는 것과 같다는 생각이 든다. 좋은 묘목을 살찐 땅에 심고 정성을 다하여 오랜 시간을 두고 잘 가꾸면 향기로운 꽃과 열매를 거둘 것이다.

이처럼 문학은 하루아침에 이루어지는 것이 아니다. 오든의 말을 빌면 "속된 것의 가치는 그것이 어떠한 구실을 하느냐 하는 점에 있고, 성스러운 것의 가치는 그것이 어떠한 것이냐 하는 점에 있다"고 하였다. 이 말은 시 창작이 그만큼 성스러운 작업임을 강조한 표현이다. 시를 쓰고자 하는 충동이 일어나는 것은 시인의 상상력이 성스러운 것과 만나는 것이다.

진정 시 쓰는 길은 가도 가도 끝이 없다. 지금까지 어설프게나마 시

쓰는 작업을 계속하고 있지만 막막하기만 하니 시에 대해 미안한 생각이 앞선다. 나는 생애를 교단에서 보냈다. 그리고 시도 써 왔다. 이것은 나에게 주어진 운명이다. 유소년 시절부터 걸어온 지울 수 없는 체험에서 온 충격이 그 뿌리가 되지 않았나 싶다. 물론 유명작가와 작품에서 얻은 것들은 더 언급할 필요가 없다. 결국 삶과 시는 동떨어진 것이 아니라 늘 자리를 함께 해온 것이라 하겠다.

2

내가 태어난 곳은 경상남도 통영군 사량면 양지리라는 곳이다. 그야말로 산자수명한 시골 산천이다. 이곳에서 태어나 유년을 보냈다. 주로 농사와 어업을 겸한 고장이기 때문에 바다와 산을 함께 살아온 것이다.

봄이 오면 내 어린 가슴에도 훈훈한 생기가 돈다. 온 산천이 꿈틀거리고 하늘도 물빛으로 변해 새 생명이 생동하기 시작한다. 천지에 만발한 꽃더미는 날 꽃이 되게 하였다. 더구나 앞산 뒷산에 활짝 핀 참꽃은 꽃의 세상을 이루었다. 진정 나는 참꽃이 되어 꽃 속에 묻혔다. 길길이 피어있는 참꽃을 따먹는다. 입에도 손에도 마음에도 꽃물이 들었다. 지글지글 내리는 봄볕 속에서 잠이 든 기억이 되살아난다. 무리무리 익은 빨간 산딸기를 바라보며 무서워하던 모습이 보인다.

또한 겨울을 난 참새 가족이 처마 끝에 모여 재잘거리며 펄펄 뛰는 모습도 기억난다. 어린 새끼는 처마 깊숙한 어둠 속에서 자란다. 자랄 대로 자란 어린 새끼는 하늘을 날아야 할 때가 되었다. 하지만 밖으로 나올 수가 없다. 아무리 시도를 거듭해도 빛은 언제나 무서웠다. 어미는 어린 새끼를 밖으로 유인하기 위하여 종일을 굶긴다. 배가 고픈 어린 참새는 아무리 빛이 무서워도 어미가 물고 있는 먹이를 얻기 위하여 밖으로 나오려고 애를 쓴다. 한 번 두 번 거듭하는 동안 빛은 눈에 익게 마련이다. 그리하여 먹이를 얻어먹는 것이다. 그러다가 깜박 실수로 처마 밑으로 떨어지는 불행을 겪기도 하지만, 대부분 대명천지 밝고 높은 하늘을 마음껏 날 수가 있는 것이다. 한 번은 참새 알을 얻기 위하여 처마 깊숙한 둥지 속으로 손을 넣었다. 무엇인가 차가운 것이 있다. 무엇일까. 힘을 주어 끄집어냈다. 아, 커다란 먹구렁이가 땅바닥에 떨어지는 게 아닌가.

칠월 칠석이 되면 비가 내린다. 비가 온 뒤에 목욕 재개하고 논 고사를 지낸다. 개떡 나물 도죽 제물을 준비하여 물고에 차려놓고 올 농사가 대풍 들게 비시던 조모님의 치성을 들으며 고개를 들면, 쏘목쏘목이는 수많은 별이 도랑에 내려오고 북두칠성은 화안하게 빛났다.

확확 찌는 여름밤, 마당에 덕석 깔고 모캐불을 지펴 놓으면 더위는 한풀 꺾인다. 이를 일러 소주알바람이라 했던가.

내가 여섯 살 때 큰 숙부님이 작고하셨다. 중국에서 한의사 공부를 하고 돌아오셔서 근동 주민들을 치료하셨다. 그러던 중 괴질이 일어나 수많은 사람들이 쓰러졌다. 그때 숙부님은 자신을 돌보지 않으시고 그만 세상을 하직하셨다. 그때 통곡하시던 우리 조모님의 절규가 지금도 들려온다.

여름이 한창 깊어 가면 태풍이 밀고 온다. 이럴 때는 의레히 어장이 박살나고 흉년이 든다. 게다가 일 년 농사지어 놓으면 공출로 뺏어 가고, 양식이 없어 초근목피나 모자기 지총 톳나물로 연명하던 일이며, 일인 순사들의 무서운 발자국소리며, 일인 교사의 싸늘한 눈초리에 기가 죽었다. 해방이 되고 일인들이 초라하게 떠나는 모습도 보고, 콩을 실은 중국 화물선에 올라보기도 했다.

다섯 살 때 열병으로 죽은 누이의 시신에 인조견 치마저고리 입혀 산으로 안고 가는 모습을 먼발치에서 바라보던 일이 지금도 생생하다.

그 시절 산에 가서 나무를 하고 소를 먹이던 때가 더욱 그러하다. 그때 우리 집에는 소가 몇 마리 있었다. 새끼를 네 배나 놓은 얌전한 소도 있었다. 그 소가 팔려가던 날, 응갯골 재를 넘으며 돌아보고 돌아보고 수없이 울던 울음이 지금도 들려온다.

어느 달 밝은 밤, 심부름하던 총각이 어린 나를 소말뚝 위에 세워놓고 너는 그림자가 없으니 명이 짧다고 하였다. 그 말을 듣고 어찌나 슬펐던지 밤을 새워 울었다.

8 · 15 해방이 된 어느 가을, 가을이 한창 물든 산 중턱에 앉아 수평선을 바라보고 있었다. 소년은 수평선 너머로 가고 싶었다. 아무리 바

라보아도 갈 수 없는 곳이었다. 섬은 거센 파도에 묻혀 있었다. 억새는 칼바람에 흔들리고 서녘 하늘은 온통 핏빛으로 물들어 있는데 육지는 멀기만 했다. 주변의 마른 쭉꺼기는 해풍에 흐늘거리고 있었다. 수평선과 육지에 대한 갈망은 아픔 그것뿐이었다.

그 후 육지로 이사를 하였고 학교도 옮겼다. 중학교에 입학을 하고 한국전쟁을 육신으로 체험했다. 그리고 소위 전시 학생이라 하여 군사 교육도 받았다. 그런 가운데 '나는 무엇인가' 그리고 '어디로 갈 것인가' 에 대해 갈등하다가 자살을 기도하기도 했다. 내가 서라벌예술대학 문예창작과에 입학하게 된 것도 우연이 아닌 성싶다.

결국 문학 수업을 하는 것도 중요하지만 문학의 길을 걷게 한 심층의 세계가 더욱 중요한 의미를 가지고 있다고 생각된다. 그러므로 적어도 나에게 있어 문학수업은 무엇보다도 유소년 시절의 경험이 그 뿌리가 된 것이라 생각된다.

3

미아리 고개는 뜨거운 바람이 불고 있었다. 심장의 고동이 용솟음치는 계절이었다. 아직도 잔설이 남은 봄은 뜨거운 열기로 가슴이 부풀어 3월의 입김을 한껏 토하고 있었다.

문학이 무엇인지도 모르고 목이 마를 때 물을 찾듯이 발을 디딘 서라벌예술대학교(학장 염상섭)는 진정 꿈의 세상이었다. 책에서나 만날 수 있었던 시인 묵객을 시간마다 대하게 되었으니 그럴 수밖에 없었다. 스무 살 터벅머리의 나에게는 자못 감격시대였다.

첫째 시간이 시론이었다. 담당 교수님은 미당이었다. 〈국화 옆에서〉를 생각하면서 출입구만 보고 있었다. 5분, 10분이 되어도 문은 열리지 않았다. 다소 흔들리던 교실 분위기가 바다 밑 같은 정적으로 가득했다. 모두의 시선은 한 곳으로 쏠리고 있었다. 20분쯤 지났을까. 앞문이 스르르 열렸다. 모두가 고개를 치켜들고 앞을 바라보았다. 교수님이 오신 것이다. 다행히 나는 맨 앞자리에 앉아 있었다.

미당 선생님은 무명 두루마기를 입고 계셨던 것 같다. 손에는 아무것도 드신 것이 없었다. 머리는 다소 긴 편인데, 빗질은 아예 흔적조차 없었다. 천천히 교탁에 서셨다. 깜짝 놀랐다. 한편 '야–' 하는 탄성이 나올 뻔 했다. 두루마기 자락이 구겨질 대로 구겨져 위로 치켜들려져 있었기 때문이다. 교실 안은 더욱 조용해졌다.

"여러분 반갑습니다. 어제 저녁 출판 기념회가 있어, 밤을 새워 술을 마시다가 이제야 왔어요…."

다소 여윈 얼굴에 앞니가 없으나 눈은 파란 빛이 도는 듯 신기하기까지 했다. 얼마나 만나보고 싶었던 시인인가. 숨을 죽이고 귀를 기울였다.

"에, 오늘은 내 갈 테니…"

하시면서 슬며시 돌아서시더니 구겨진 두루마기를 뒤로 하고 유유히 나가셨다.

그 이후 시간마다 거의 이상의 시에 대한 열강을 하셨다.

十三人의 兒孩가 道路로 疾走하오.
(길은 막다른 골목이 適當하오.)

第一의 兒孩가무섭다고 그러오.
第二의 兒孩가무섭다고 그러오.
第三의 兒孩가무섭다고 그러오.
. . . .
第十三人의 兒孩도 무섭다고 그러오.
十三人의 兒孩는 무서워하는 兒孩와 그렇게 뿐이 모였소.
(다른 事情은 없는 것이 차라리 나았소.)

– 〈오감도鳥瞰圖〉 부분

시를 철철 암송하시며 이상의 일화와 작품을 밀도 있게 일깨워 주신 말씀이 지금도 귀에 쟁쟁 들리는 것 같다. 서구의 어떤 이론을 소개하기보다 미당 나름의 시론을 전개한 것으로 기억된다. 더구나 독특한 고창 사투리의 매력은 미당의 일부라 하여도 과언은 아닐 것이다. 하여튼 미당의 시간은 무척 기다려졌다. 그저 그 시간이 좋았다. 시에 대한 열도를 불나게 했다. 쓰고 읽고 떠들고 하다가 미칠 것 같은 혼란을 어쩔 수 없어 울어버리기까지 했다.

진정 그 시대는 목이 타는 시기였다. 하숙비도 제대로 낼 수 없던 처지이니 호주머니는 언제나 비어 있었다. 바람만 먹어야 했다. 인왕산 새벽바람을 밟고 올라 하루 종일 앉아있기도 했다. 굽이굽이 흘러가는 한강 줄기를 내려다보는 마음은 시대의 아픔이나 자신의 고통을 견뎌내기엔 너무나 미약했다. 텅 빈 마음뿐이었다. 빈 마음 밑바닥에는 무서운 태풍의 핵이 꿈틀거리고 있었는지도 모를 일이다. 모든 것이 숨에 차지 않았다.

목월木月 선생님 시간이었다. 수업 중에 라이너 마리아 릴케의《문학을 지망하는 청년에게》라는 책을 소개하였다. 동대문 헌 책방에 가서 100환을 주고 샀다.

이 책은 카뿌스라는 문학을 지망하는 젊은 군인이 릴케에게 문학을 위한 참된 길을 찾으려는 뜻에서 인생과 예술에 대한 온갖 문제를 물은 데 대한 회답이다. 서간 형식으로 된 10개의 글은 진정 문학이 어떤 것인가에 대해 어렴풋이나마 길을 터 준 책이었다. 특히 〈예술은 끝없이 고독한 것〉이라는 장에서는 더욱 답답한 나의 가슴을 열어주는 역할을 한 것으로 기억된다.

목월木月 선생님은 그때 〈문학개론〉을 수업하셨는데, 그때의 차림새가 너무 인상적이었다. 훌신한 키에 스포츠형의 머리는 상당히 날카로운 인상을 주었다. 그런데 다소 목이 긴 편에다가 부드러운 얼굴의 미소가 그 날카로움을 씻어 주었다. 더구나 투박한 경상도 사투리에 혼신을 다한 열강은 우리를 사로잡았다. 한참 열기가 오를 때에는 입에서 침이 탁탁 튀어 나왔다.

초기 작품인 〈길처럼〉을 쓰시던 시절의 이야기는 진정 우리를 감격하게 했다. 또한 한국전쟁 때 큰 따님의 죽음을 말씀하실 때에는 피가 끓어오르기도 했다.

"시신을 안고 매장을 하기 위해 산으로 갔어요. 그때에 전투기 편대가 폭격을 시작했는데…. 한참 후에 정신을 차려보니 나는 언덕 밑에 숨어 있었어. 내가 살기 위해. 나는 그런 사람이여, 나는 그런 사람이여!"

김동리 선생님과 동향인 목월木月 선생님은 누구보다 정이 깊은 시인이었다. 김동리 선생님은 〈창작론〉을 하셨는데 "글은 참고 견디며 끝까지 써야 해."하시며 우리가 쓴 글을 한 편 한 편 자상하고 친절하게 비평을 하여 주시는 성의를 보였다.

그리고 최정희 선생님은 〈소설론〉을 강의하셨는데, 선생님은 소녀처럼 순수한 어른이셨다.

"내 집 앞에 넓은 공터가 있어요. 거기에서 어린이들이 모여 공차기 시합을 할 때 나도 편이 되어 목이 터지게 응원을 해요…."

이처럼 가식 없는 마음으로 우리를 일깨워 주셨다. 예나 지금이나 학생이 잡지를 사 본다는 것은 여간 어려운 일이 아니다. 그때 나오던 문예지가 《자유문학》과 《현대문학》 그리고 《문학예술》 등이 있었다. 동대문 책방골목에 가서 눈치를 보며 읽던 기억이 새롭다.

그 시절의 우리는 문단에 나온다는 것은 아예 생각조차 못했다. 다만 문학을 공부하는 뜨거운 분위기에 젖어 그 길을 찾기에 여념이 없었다. 미아리고개에 비가 쏟아지면 빗물은 모래 언덕을 흘러내렸다. 눈이 오는 계절이 오면 그 언덕에 쌓인 눈을 밟고 미끄러지며 오르내리던 시절이 그립다.

싸르륵 싸르륵 모래를 적시는 빗소리나, 소복이 쌓이는 눈은 감상적인 것만은 아니었다. 혼란과 어두운 계절의 아픔을 절실하게 말하고 있었던 것이다. 그 시절은 바로 정신이 혼란해지고 오장육부가 흔들려 몸을 가눌 수도 없는 폭풍의 계절이었다.

품이 큰 옷을 입은 아이

문학은 언어예술이다. 이는 과학이나 실용적인 지식과는 다르다. 왜냐하면 문학은 인간이 가진 고도의 정신 활동의 소산으로서 언어를 매체로 하여 형성되는 것이기 때문이다. 우리는 이러한 문학작품을 읽음으로써 즐거움을 얻음과 동시에 지적 성과를 거둘 수도 있는 것이다.

모든 예술의 본질은 미를 매개로 하여 쾌락이라는 직접 목적을 위하여 정서를 자극함에 있다고 말한 콜리지의 견해나 공자의 주장대로 문학은 인간의 마음을 순화시킨다는 교육적인 효용론이 바로 그러한 문학의 기능을 말하는 것이기도 하다. 이렇게 볼 때 문학이 우리 일상에 미치는 힘은 공기나 물과 같이 귀중한 것이라 생각된다.

1990년대가 가고 이천년대의 문학을 전망할 때 1990년대의 여러 가지 변화 과정을 돌이켜보아야 할 것이다. 대체로 지금까지의 문학의 흐름을 살펴보면 네 가지의 특징으로 구분할 수 있을 것 같다.

첫째는 민중문학의 성향이다. 이는 1970, 1980년대부터 그 중반까지 전개된 문학 기류로서 민중지향의 지식인이나 노동 현장에서의 노동자 문학과 시의 서정과 목적성이라는 문제로 제기되어 창작이나 평단에 주류를 이루어 나름대로의 성과를 이루었다고 하겠다.

둘째는 해체시라는 새로운 시적 경향을 들 수 있겠다. 특히 반형식주의를 지향하는 입장에서 삶을 구속하기보다는 좀 더 자유롭게 개성을 강조하면서 억압되고 참담한 경험을 소재로 하여 개방성을 특징으로 하고 있다. 특히 이러한 경향은 젊은 시인들에게 신선한 시의식을 일깨워주기도 했다. 이것은 바로 '우리의 사고와 경험이 환기하는 직접성, 자발성, 자유성을 억압' 하기 때문에 더욱 관심을 기울인 것으로 보인다. 이러한 일련의 흐름은 시어의 난삽함과 형식의 파괴에서 오는 문제점을 낳기도 했다.

셋째는 전통적인 서정성에 뿌리를 두고 새로운 변화를 시도하는 일군의 경향을 발견할 수 있었다.

마지막으로 문단 등단의 형식이 상당히 완화된 느낌을 갖게 하고 있다. 특히 기존의 추천제도나 신춘문예의 틀을 넘어서서 동인활동 등을 통한 얼굴 내밀기 현상이 두드러졌다고 하겠다. 이 같은 면은 긍정적인 면도 있지만, 객관성이라는 기준이 허물어지는 부정적인 면을 나타나게 했던 것도 사실이다.

지금까지의 이러한 흐름은 90년대에 다소 누그러진 느낌은 주었지만 그 궤를 같이 한 것으로 파악된다. 모든 문제 해결이 그렇듯이 1980년대의 시도가 새로움에 대한 갈망과 도약에 의한 위상의 정립에 있다면 1990년대는 1980년대의 그러한 태도에 대한 상당한 비판과 수용이라는 입장에서 하나의 장을 연 시기라 생각할 수 있을 것이다.

그런데 근년에는 도시서정시와 산업화시대의 서정시로서 환경시 생태시가 대두되어 또 하나의 흐름을 형성하였다. 그러면 21세기에는 어떠한 서정시가 얼굴을 내밀 것인가에 대해 관심이 간다.

그것은 '철학적 내용을 탐구하는 서정시' 즉 철학성과 예술성이 어우러져 조화를 이루는 서정시가 아닐까 싶다. 오늘날 우리는 금력과 권력, 그리고 폭력이 난무하는 인간 상실의 시대를 살고 있다. 산과 강과 바다가 오염되고 환경이 파괴되는 현장에 살고 있다고 하겠다. 이런 때일수록 어제를 돌아볼 수밖에 없는 것이 오늘의 삶의 모습이기도 하다. 왜냐하면 어제를 통해 오늘과 내일을 찾을 수 있기 때문이다.

T · S 엘리어트는 시를 쓰는 방법의 핵심은 객관적 상관물을 만드는 데 있다고 했다. 과거적 상상력에 의해 떠오르는 상관물은 유년이나 소년 시절의 삶의 풍경이다. 그것은 바로 자연 그 자체라 할 것이다.

나의 시 가운데 〈입춘立春〉, 〈팔매질 1〉, 〈도깨비〉, 〈별자리 · 5〉 등과 같은 시편들은 과거적 상상력에 의한 시적 동기라 할 수 있다.

마당을 정하게 쓸었다. 사립문에 어둠이 걸렸다. 김이 오르는 떡시루에 달이 떴다. 머리 푼 달 속에 옷을 멋은 소녀의 덧니, 보드라운 살결에 바다 하나가 비친다. 봄멸떼가 밀린 독발은 무너지기 시작했다. 구름을 인 바다는 울었다. 그 가슴으로 비는 자꾸만 내리고 있었다.

– 〈입춘〉 전문

이 시는 내 소년 시절의 풍경이다. 촉촉이 물이 오르는 이른 봄의 체온이 따뜻하게 젖어온다. 우리 집은 갓집이다. '마당을 정하게 쓸고', '황토를 뿌리고', '김이 오르는 떡시루'에 달이 뜨는 것이다. '머리 푼 달', '소녀의 덧니', '보드라운 살결에 바다 하나'가 비치고, '봄멸떼가 밀린 독발', '구름을 인 바다'는 고향의 향기다. 거기 끈끈한 생명의 피가 준동하고 있다. 살아 숨쉬는 대자연의 얼굴이다.

무서워요

밤길을 걷는 게.

귀신이 우는

진사리 삼밭으로

품이 큰 옷을 입은 아이가

가네요

아랫담 상여집엔

잔치가 벌어지고

당산할매는 나들이를 하네요

간짓대 끝에 별이 걸리면

큰골 냇가엔 물귀신이 논다는데

자꾸 열이 올라요

무서워요

– 〈팔매질 · 1〉 전문

이 시 역시 유소년의 가슴에 번지는 밤의 따뜻함이 표상된다. 그 무서운 밤은 살아 있었다. '귀신이 우는 / 진사리 삼밭', '아랫담 상여집', '당산 할매', '간짓대 끝에 별이 걸리면 / 큰골 냇가엔 물귀신이' 노는 공간은 나의 가슴을 졸이게 했다. 이 또한 자연의 숨소리다.

돌았다. 돌다가 돌다가 깊이 빠져

웅성웅성 서성이다가

별을 보며 울었다.

텅 빈 울음이 싱거워, 폭삭 앉아버린

마음을 날리고

가래 끓는 바람만 마시면서

돌았다. 돌다가 돌다가 빙빙 돌아가는

콩이 튀는 가을의
물이 되었다.
- 〈도깨비〉 전문

이 시에 대해 오세영은 다음과 같은 평을 했다. "'도깨비' 는 우리의 일상을 거짓된 삶 혹은 가식의 삶으로 자각한 시인은 진정한 깨달음의 삶을 추구하는 데서 씌어진 구도의 시이다. 시인은 우리의 허망된 환영의 삶을 도깨비로 비유하여, 그것이 참된 삶에 도달할 수 있는 길이 이 대자연의 섭리, 즉 우주 순환의 원리에 있음을 이야기하고자 하는 것이다."라고 하였다. 결국 유소년 시절의 토속적 서정이 의식의 바닥에 깔려 있다가 형상된 세계라 할 것이다.

그리고 〈별자리 · 5〉 역시 소년의 가슴에 자리한 별의 이미지에 의해 쓰여진 시이다.

초여드레 달빛이
옷섶을 가늘게 흔들고 있네
갈대잎도 겨울을 흔들고 있네
바람이 된 그대 생각에
무덤이 떠 있는 해변을 바라보면
전생의 그리움이

저 바다에 빤짝이고 있네

– 〈별자리 · 5〉 전문

이 시는 한마디로 '그대에 대한 그리움' 이다. 유년의 별은 꿈이었다. 하늘을 수놓은 별빛을 업고 날고 싶었다.

삼태성, 작은 여우, 견우직녀, 북두칠성, 북극성, 쏘목싱이 등을 밤을 새워 헤아리며 그 신비로움에 혼을 잃은 적이 한두 번이 아니다.

그 별들은 수군수군 풀잎에 맺힌 이슬로 내려앉아 하늘과 땅을 잇는 이야기로 벌겋게 물이 든다.

유년을 날고 싶은 별을 찾고 있으면 들물로 차오르는 바다는 가슴을 흔든다. 목이 멘 밤을 울어도 별들은 언제나 그대로 있었다.

이러한 별밭에서 초여드레 달빛이 '옷섶을 가늘게 흔들고' '갈대잎도 겨울을 흔들고' 있는 전반부는 후반부의 '바람' 과 '바다' 로 연결되어, 다시 '무덤' 과 '그리움' 을 빤짝이게 하는 구실을 한다.

여기서 '흔든다' 와 '빤짝인다' 는 '달빛' 이나 '겨울' 로 시작되는 하강 이미지들이 나의 의식의 깊이에서 본래의 속성이 아닌 물결이 가볍게 일렁이는 것처럼 그리움이 저 바다에 반짝이는 상승이미지로 변용되고 있음을 감지할 수 있다.

이상의 시편들은 대체로 유소년 시절의 체험에서 우러난 의식의 물줄기에서 비롯된 것으로 생각된다.

〈가로수〉와 같은 시는 현대인의 삶을 이야기하기 위해 인간의 이야기 대신 사물(가로수)을 제시한 은유라 할 수 있을 것이다.

나는 눕고 싶다
사금파리처럼
빤짝빤짝 빛나고 싶다
물구나무라도 서서 걷고 싶다
사태가 난 간선도로로 뛰어들어
휩쓸고 가는 홍수가 되고 싶다
폭풍이 몰려오던 날
먼 나라로 떠나버린
나의 새를 찾아
활활 타오르는 불이 되고 싶다
- 〈가로수〉 전문

시에 있어 제목은 소재의 정보전달이라는 기능을 나타내 보인다고 하겠다. 때문에 제목을 읽고, 거기에 연상되는 정황을 파악할 수 있는 것이다.

이 시의 첫행 '나는 눕고 싶다' 만으로는 '나' 가 누구인지 알 수가 없다. 결국 제목에 의해 '나' 가 '가로수' 임과 동시에 이 시편에 나타난

진술의 주체가 바로 '가로수' 임을 알게 되는 것이다. 이 시의 전개 내용을 정리하여 본다.

가로수는 눕고 싶다.
가로수는 사금파리처럼 빛나고 싶다.
가로수는 물구나무라도 서서 걷고 싶다.
가로수는 도로를 휩쓸고 가는 홍수가 되고 싶다.
가로수는 활활 타오르는 불이 되고 싶다.

이렇게 보면 현실의 가로수는 이 시의 내용처럼 생각할 수 있는 존재도 아니며, 홍수가 되거나 불이 되기를 바라는 상상력을 지닌 존재도 아니다. 그러므로 이 시의 가로수는 사실 그 자체의 식물이 아니라 하나의 은유적 실체임을 알 수 있을 것이다.

이것은 바로 현대인의 삶을 은유화한 것이라 할 것이다. 다시 말하면 현대인을 '가로수' 와 같은 처지를 살고 있는 것이라 하겠다.

도로에 줄지어 서 있는 '가로수' 를 살펴보면, 일정한 규격으로 길러지고, 일정한 거리를 두고 심어지고, 일정한 기간을 주기로 틀에 맞게 다듬어지고 있다.

이에 대해 오세영은 "가로수는 자신의 존재성을 살리는 삶이 아니라, 타자(도로)의 수단이 되는 삶을 살아야 한다"고 언급한 바가 있다.

이러한 가로수의 획일적인 삶, 틀과 규격에 맞도록 길들여진 삶, 존재성으로서가 아니라 도구성으로서의 삶이 바로 현대 산업사회를 살아가는 현대인의 구차한 삶이 아닌가 싶다.

그리고 나는 지금까지 손에 대한 관심을 가져왔다. 그리하여 손을 소재로 한 시집 두 권을 간행한 바가 있다.

여기에는 내가 살아온 삶을 바탕으로 하여 손과 관련된 여러 가지 일들이나 인생관이 어느 정도 나타나 있다고 하겠다. 모든 삶의 척도는 손에 의해서 이루어진다. 손은 모든 것을 창조하는 역할을 하고, 다양한 기능을 가지고 있기 때문이다.

그리하여 손은 인간의 삶에 있어 중추적인 역사성을 부여함과 동시에 나름대로의 의미를 담고 있다고 하겠다.

〈손에게〉 라는 시에도 이러한 삶의 흔적이 나타나 있다.

> 손이여 너에게 무슨 말을 할 수 있겠니 언제나 너를 보면 볼수록 애처로운 생각만 드니 허지만 우리는 긴 세월 손과 손잡고 여기까지 오지 않았니 너와 내가 저 하늘에 별이 될 때까지 쉼 없이 걸어가야 할 것을 생각하니 더욱 그렇지 않니 그렇구나 우리가 여기까지 오는 동안 풀 수 없던 매듭들이 지금도 하나하나 고개를 들고 수많은 별빛으로 알몸 부비며 빛나고 있지 않니
>
> – 〈손에게〉 전문

나의 손은 참 애초롭다. 하지만 향기롭기까지 하다. 내 손은 나의 심신의 고락을 언제나 마다 않고 함께 하여 왔기 때문이다. '너와 내가 저 하늘에 별이 될 때까지 쉼 없이 걸어가야 할' 운명에 놓여 있다. '우리가 여기까지 오는 동안 풀 수 없던 매듭들' 이 '수많은 별빛으로 알몸 부비며' 있다.

일상을 살아가면서 풀 수 없는 수많은 매듭이 언젠가는 빛나는 별빛이라도 되지 않을까 하는 소망이다. 그러므로 너와 내가 손잡고 걸어가는 걸음은 멈출 수 없는 인연이라 할 것이다.

현대는 물질력에 의한 인간상실의 시대를 걷고 있다. 이러한 시대에 처해 잃어버린 것을 도로 찾아 제자리에 놓고 오순도순 웃음을 나누며 사는 것이 그리워진다. 이럴 때일수록 어제가 눈앞에 다가선다. 향기로운 자연의 품에 안겨 꿈을 달리던 어제의 계절을 잊을 수가 없다.

자연의 아름다움은 계절의 맥박으로 영원의 시간성을 이어가는 것이다. 이 속에서 고독과 고통의 상처를 이겨냄으로써 신성한 생명력의 결정인 작품의 세계에 도달할 수 있는 길이 있으리라 판단된다.

시인이 시를 쓰는 것이 어느 누구를 위한 것은 아니다. 나를 알고, 나를 이기고, 나를 살기 위한 것이라 할 것이다. 즉 자아의 발견, 자아의 극복, 자아의 실천을 함으로써 결국 나를 구원할 수 있는 길이 바로 시 쓰는 행위라 생각해 본다.

빛 속을 헤엄치다

여행은 다시 떠나는 것

바쇼 시인의 동북 기행 발자취를 따라가는 5일 간의 여정에서 여러 가지 뜻있는 의미를 찾을 수 있었다. 일본은 혼슈, 큐슈, 시코쿠, 홋카이도, 오키나와, 스시마 등 그 지역마다 독특한 맛을 달리 하고 있어 언제나 여행의 즐거움을 새롭게 하고 있다.

이번 여정은 한일 시인의 만남과 바쇼의 행적을 찾는 것이 주된 목적이긴 하지만, 일본의 자연을 깊이 있게 만날 수 있어 또 하나의 의미를 더할 수 있었다.

특히 닛코 국립공원의 살아있는 자연의 싱싱한 아름다움은 일상의 모든 시름을 잠시나마 잊게 하였다, 칼데라 호수와 후쿠시마의 반다이 아사이 공원의 수많은 늪은 또 하나의 명소임을 확인하게 했다. 게다가 하늘을 비추는 호수 텐코天鏡는 말 그대로 옥색 가슴을 서늘하게 열어 보이고 있었다. 그리고 텐코가쿠의 산책로는 내가 어릴 때 자라던 고향의 산길을 그대로 옮겨 놓은 듯했다.

말랑말랑한 길은 안개비에 젖고 있다. 일행과 떨어져 곱게 구겨진 산길을 혼자 걷는다. 내가 걷는 게 아니라 길이 걷고 있다는 것을 알았다. 길과 만나 길의 이야기를 들으며 걷는다. 흙과 돌과 나무와 비의 사연을 앞세우고 한발 한발 신비의 세계로 다가서고 있다는 것을 느끼게 한다.

작은 개울은 조잘조잘 옛날로 돌아가 내 어린 시절을 불러 모은다. 참깨꽃 같은 속살로 내게로 다가오는 작은 꿈이 보인다. 실실이 푸는 가는 비가 나뭇잎을 적시는 몸짓에 종아리가 아프다. 하늘자락이 무너지는 뇌성이 따갑다. 불현듯 어린 그날이 안개비를 입고 다가온다.

칠흑의 밤이었다. 장대비가 쏟아진다. 어둠이 쏟아진다. 보이는 것은 어둠의 장막뿐이다. 제자리에 선 채 움직일 수가 없다. 장대비는 그대로 쏟아진다. 운신을 할 수가 없다. 장승이다. 빗소리는 침묵이다. 칠흑의 침묵이 깨어진다.

'번쩍!'

세상이 대낮같이 밝아진다. 아, 길이 보인다. 달린다. 순간이다. 더 갈 수가 없다. 어둠 속으로 지어진 길은 흔적이 없다. 이어서 하늘이 갈라지는 천둥소리가 머리 위로 떨어진다. 비는 더 세차게 쏟아진다.

'번쩍!'

길이다 길이 보인다. 달려간다.

'번쩍!'

다시 달려간다.

그렇게 어둠을 뚫고 가던 어린 풍경이 보인다.

산뽕나무 잎에 맺힌 물방울을 본다. 왁자하게 떠들던 사람들은 저만치 멀다. 조용하다. 마음의 개울물을 따라 걷는다. 청청한 숲을 덮고 누운 늪이 돌아눕는다.

옥색 가슴을 드러낸 채 물풀로 몸을 감고 바라보는 그 요염한 자태에 전신이 오싹 한기가 든다. 그 가슴 깊이 빠지고 싶다. 아니 벌써 온몸은 젖어 있었다. 숨이 막힌다. 막힌 숨을 안고 걸어본다. 눈물이 난다.

옥색 가슴은 말랑말랑한 하늘이다. 하늘에서 내려다보는 뽕잎에 맺힌 물방울이 만장같이 내게로 다가온다. 물방울에 묻힌다. 물방울 새로 제비꽃이 웃는다. 무당벌레 한 마리가 열심히 가고 있다. 어느 누구도 관심 밖이다. 그저 갈 뿐이다. 낡고 해진 승복을 걸친 노승이 보인다.

안개비가 내린다. 내릴 뿐이다. 나 역시 안개비 속을 걷고 있을 뿐이다. 이렇게 영원까지 걷고 싶다. 걷다보면 어딘가에 가 있겠지.

그리고 또 걸어야지. 여행은 다시 떠나는 것. 소나기 한줄기가 후련하게 지나간다. 그리고 검은 구름 사이로 맑은 햇살이 고개를 내민다.

하늘로 오르는 나무

“몸을 가누며 눈을 든 순간, 솨아 하는 소리를 내며 은하수가 시마무라의 마음속으로 쏟아져 내리는 듯했다.” 가와바다 야스나리의 〈설국〉 마지막 문장을 읽으며, 언젠가는 꼭 가리라 생각했다.

뜻이 있는 곳에 길이 있다고 했던가. 삼십여 년이 지난 오늘에사 그 뜻이 이루어지게 되었다. 일본 구주국제대학 초빙교수로 2년 간 체류하게 되었기 때문이다.

그러나 두 학기가 지나도록 〈설국〉에 대한 생각을 할 틈이 없었다. 그리고 겨울방학도 거의 지날 무렵인 3월에 와서야 겨우 이찌고 유자와越後湯澤에 가기로 결심했다.

떠난다는 것은 진정 가슴 벅찬 일이다. 가슴 밑바닥에 가라앉았던 노래가 고개를 든다. 그런데 떠난다고 생각하니 왜 슬퍼지는지 모를 일이다. 에다미쯔 역에서 5시 9분 전차를 탔다. 후꾸오까 공항에서 7시 10분 발 동경행 비행기를 타기 위해서이다. 일주일 간의 여행이 시작된 것이다. 이슬비가 촉촉이 내리는 포도는 가로등 아래 뻔쩍뻔쩍 빛나고 있다. 5시가 훨씬 지났지만 어둠의 차일은 그대로이다.

하네다 공항에서 모노레일을 타고 하마마즈 역에 내렸다. 다시 우에노 역으로 가는 전차를 갈아탔다. 우에노 역에 도착하였다. 한 시간쯤 시간이 남았다.

우에노 공원으로 갔다. 텅 비어 있었다. 까마귀 소리만 등천을 하고 있었다. 목이 끓는 소리가 울창한 숲을 메우고 있다. 매캐한 연기 냄새가 난다. 허리가 굽은 노인이 손수레를 세워놓고 담배를 피우고 있다. 담배연기가 공원의 정적을 따라 흩어진다. 노란 개 한 마리가 기분 좋게 짖으며 달려가고 있다. 두 남녀가 저만치 거리를 두고 바쁘게 가고 있다. 씨액씨액 새가 운다. 새소리를 마음에 담고 전차를 타야 한다.

신특급 다니가와谷川 3호를 탔다. 이 차는 가나가미水川 역을 향해 북으로 북으로 달리고 있다. 동경 시내를 벗어나니 한적한 시골이다. 오오미大宮역에서 많은 사람들이 탔다. 오십쯤 되어 보이는 일행이 앞좌석에 앉았다. 온천을 가는 모양이다. 선반 위에 짐을 올려놓고 왁자하게 웃는다. 가정을 떠나 여행을 하는 것이 그렇게 즐거운가 보다.

뒷좌석에서 학생풍의 젊은 남녀의 목소리가 유난히 크게 들린다. 차창 밖으로 활짝 핀 매화원이 지나갔다. 완연한 봄이다. 하늘에 뜬 구름도 기운이 돌고 있다. 아무리 둘러보아도 산은 보이지 않는다. '개의 학교' 라고 쓴 간판이 지나갔다. 강둑이 보이고 논밭이 누워있는가 하면 새로운 마을이 연결된다. 쿠마가야熊谷 역에서 노인들 한 무리가 탔다. 어디에서나 여자는 시끄러운가 보다.

전차는 계속 북쪽으로 달리고 있다. 하늘에는 검은 구름이 몰려온다. 비가 올 것 같다. 앞좌석의 선량하게만 보이는 할머니가 일행에게 먹을 것을 나눠주고 있다.

날씨가 을씨년스럽게 찌푸리더니 진눈깨비가 내리기 시작했다. 봄인가 싶더니 어느새 겨울이다. 변덕스런 날씨다. 산세가 점점 험해진다. 아담한 산골 마을을 지났다. 전형적인 일본 농촌 풍경이다.

차는 산과 산의 협곡을 따라 달리고 있다. 마을 어귀의 묘지도 지나갔다. 메마다沼田 온천의 간판이 멀어진다. 이와모도岩本댐이 하늘에 솟아 있다. 차는 계속 계곡을 타고 산을 감돌며 올라갈 뿐이다. 터널과 터널의 연속이다.

가미목구上牧 역을 지났다. 진눈깨비는 계속 내리고 있다. 다음 역이 미나가미水上 역이다. 비록 3월이긴 하지만 산과 마을은 백설로 덮여 있다.

"지금 미나가미 역에 도착합니다. 잃어버린 것이 없도록 주의하여 주십시오."

방송이 가늘게 들린다. 한적한 역이다. 개찰구로 나갔다. 입구에 서서 눈을 인 산을 둘러보았다. 역전 가락국숫집도 하얀 눈을 이고 있다. 지붕 위로 솟은 굴뚝에서는 하얀 연기가 수직으로 오르고 있다. 진눈깨비는 계속 뿌리는데, 칼날 같은 바람이 스치고 지나간다. 가락국숫집 입구에는 '우동 소바'라고 쓴 천이 축 늘어져 있다.

배가 꾸르륵 한다. 가락국숫집 미닫이를 열고 들어섰다. 갑자기 앞이 캄캄해졌다. 제자리에 선 채 얼른 손이 안경으로 갔다. '아니다'라는 생각에 손은 멈추었다. 안경에 서린 김이 조용히 가시기 시작했다. 점점 실내의 풍경이 눈 속으로 들어온다. 많은 관광객이 무리무리 즐거운 식사들이다. 대부분이 시골 분들 같다. 바로 앞의 식탁에서 자리를 비워주며 앉으라고 권한다. 육십 쯤 되어 보이는 분이다. 그의 아내는 더 늙어 보였다. 가족끼리 온천을 온 모양이다.

산채우동을 시켰다. 얼마 후에 친절한 인사를 앞세우고 우동을 받쳐 들고 왔다. 시장이 반찬이라 맛있게 먹었다. 하지만 말이 산채지 푯잎사귀 몇 꼭지가 떠 있을 뿐이다. 다꼬앙 한쪽도 없다. 우리의 풍성한 인정이 그립다. 시장기를 면하고 밖으로 나왔다.

계속 진눈깨비는 처량하게 내리고 있다. 출발 시간이 20분쯤 남았다. '숲의 공원'이라는 간판이 보인다. 하지만 실상은 몇 그루의 나무가 서 있는 공터일 뿐이다. 그럴 듯한 이름을 붙여 놓고 전을 벌이고 있는 것이다.

미나가미 역에서 유자와 역으로 가는 보통열차를 탔다. 오후 1시 42분 발차다. 스키복 차림의 남녀노소는 모두가 즐거운 표정으로 이야기의 꽃을 피우고 있다. 차는 천천히 시미즈滑水터널로 들어섰다. 길이가 9,732미터나 된다. 이 터널을 지나면 설국이다. 신나게 달리던 차가 천천히 속도를 줄이더니 도다이(工台, 터널 안에 있는 역)역에 섰다. 이리저리 터널로 연결된 역이다. 다시 차는 서서히 움직이기 시작한다.

동일본과 서일본을 가르고 있는 해발 3천 미터가 넘는 미구니 산맥을 관통하는 것이다. 갑자기 백의 천지가 눈앞을 가려버렸다. 함박눈이 원무를 추면서 펑펑 내린다. 눈 속에 묻혀 있는 나무들은 목만 내밀고 있다. 승객 모두가 일시에 탄성을 터뜨렸다.

막상 유자와 역에 도착하니 눈은 그치고 진눈깨비만 뿌리고 있었다. 주위는 온통 눈 천지다. 4.5미터나 쌓인 눈더미 속에 묻힌 집들이며, 눈 터널의 통로만 보아도 이곳이 얼마나 많은 눈이 내리는 고장인가를 느끼게 한다.

숙소인 신유자와장을 찾았다. 미리 예약을 한 터라 바로 안내를 받아 객실로 갔다. 다다미와 침대가 있는 넓은 이층방이다. 여관의 뒤켠은 산이다. 울창한 스기목은 펑펑 내리는 눈을 이고 서 있다. 밖이 내다보이는 통유리는 하얀 눈으로 그득하다. 창은 한 폭의 그림이다. 조용하다. 인적도 없다. 짜릿한 고독감이 가슴을 찌른다. 머리가 띵 한다. 뒷산 스기목은 눈을 인 채 묵묵히 서 있다.

욕탕으로 갔다. 텅 빈 탕으로 들어갔다. 전신이 그대로 녹아내리는 것만 같다. 유리창 밖으로 스기목 숲과 노천 온천이 눈에 덮인 채 김이 모락모락 오르고 있다. 눈은 계속 내리고 있다. '노천온천으로 가자.' 들고 있던 타월도 던져버리고 문을 열었다. 하얗게 눈이 쌓인 온천으로 들어갔다. 머리 위로 쌓이는 눈, 한 그루 나무처럼 앉아 있었다.

눈이 내리면
나무들은 눈을 이고
하늘로 오르네

목화송이 눈이
펑펑 내리면
나무들과 손잡고
하늘로 오르네

때 묻은 옷 벗어놓고
깃털처럼 가볍게
하늘로 하늘로 오르네

– 〈하늘로 오르네〉 전문

저녁 식사를 마치고 나니 더욱 적적한 기운이 돈다. 밤거리를 나섰다. 〈설국〉의 배경은 이미 사라진 지 오래다. 진눈깨비가 뿌리는 거리에는 어깨를 나란히 한 청춘남녀가 무리무리 가고 있다.

옛 모습은 찾을 수 없다. 그런데도 이곳에는 사오십 명의 기생이 있다고 한다. 그리고 스물한 개의 스키장에는 12월부터 5월 초순까지 스키를 즐기는 사람들로 붐비고 있다. 매년 3월 상순에는 유자와 눈 축제가 개최되며, 횃불놀이와 미스 고마코 콘테스트가 있어 관심을 모으고 있는 곳이기도 하다. 게다가 800년 전에 발견된 온천이 지금도 끊임없이 솟아오르고 있어 그 전통을 자랑하고 있다.

낯선 밤거리를 혼자 걷는 허전함에 심장이 떨린다. 눈길을 쩌벅쩌벅 걸었다. 한 곳에 이르니 골목 끝에 목로주점이 졸고 있지 않은가. '주酒' 자가 비치는 희미한 등이 가늘게 내리는 눈발을 업고 나에게 눈길을 주고 있다. 발길을 따라 골목을 들어섰다.

이자가야의 미닫이를 조용히 열었다. 작은 주점이다. 석탄난로 위의 물주전자가 픽픽 증기를 토하고 있다. 주모는 주방에 앉아 시름없이 졸고 있다. 앞 의자에 소리 없이 앉았다.

얼마 후 사십대로 보이는 주모는 깜짝 놀라 "죄송합니다"를 연발하면서 미안해 한다. 씩 웃었다. 술을 시켰다. 한 잔을 권하니 조심스럽게 받았다. 난로 위의 주전자는 더욱 크게 증기를 내뿜는다.

밤은 자꾸만 깊어 갔다. 창밖의 가로등은 소리 없이 내리는 눈과 어울려 밤을 새울 작정이다. 그렇다. 모든 사물은 결국 자연의 품으로 서서히 다가서는 것이다. 눈은 계속 내리는데 눈을 인 스기목은 눈을 이고 하늘로 하늘로 오르고 있으니 말이다. 나 역시 그 길을 따라 이렇게 걷고 있는 것이다.

유스보의 물소리

야하다八幡 역이다. 후카오리 씨가 손을 흔들고 있다. 꼭 1년만의 해후다. 활짝 웃는 웃음의 빛이 가슴에 전해온다. 에다미쯔枝光의 봄과 함께. 저만치 내가 거처하던 에다미쯔 아파트가 그대로 선 채 이쪽을 바라보고 있다. 아파트 입구에는 새 건물이 서고 큰 약방도 새로 생겼다. 하지만 별로 변한 게 없다. 모두가 새로운 정을 느끼게 할 뿐이다.

집으로 갔다. 따뜻한 정이 서린 차를 마셨다. 후카오리 씨는 모처럼 만났으니 셋이서 1박2일로 여행을 가자고 한다. 참 기뻤다. 이튿날 승용차로 구주 여행을 떠났다.

이곳이 북구주이니 남쪽으로 달리면 나카즈中津와 야바게이耶馬溪를 지나 유스보湯坪까지는 5시간이 걸린다고 한다.

하지만 고속도로를 피하고 국도를 탔다. 국도는 볼거리가 많으니 쉬엄쉬엄 차도 마시면서 다리도 쉴 작정이다. 화물차 한 대가 앞서가고 있다. 차 엉덩이에 '운전수 에이가와입니다. 지금 안전 운전을 하고 있습니다' 라고 쓴 하얀 종이가 퍽 인상적이었다.

휴게소에서 몸을 풀고 다시 달리기 시작했다. 이번에 앞선 차는 승용차다. 역시 '나는 황색 신호에 섭니다' 라는 표를 뒷유리창에 붙여 놓았다. '그렇지, 그리 해야지' 하는 생각을 했다.

그리하고 아키즈키秋月라는 고도에 도착하였다. 아키즈키는 소경도小京都라 하여 일본의 전통적인 건물과 역사가 숨쉬는 곳이다. 웅장하고 화려한 것은 아니지만, 아키즈키 유물관을 건립하여 1200년대의 역사적 유물을 고스란히 보존하고 있어 많은 관광객이 몰려드는 곳이다. 아키즈키에서 점심을 먹고 유스보를 향해 출발하였다.

하늘을 찌를 듯이 청청한 스기목 숲은 끝이 없다. 굽이치는 계곡의 맑은 물은 햇볕으로 반짝이고 있다. 대숲이 울창한 언덕을 돌아 조용한 온천마을 유스보에 도착하니 오후 3시가 되었다.

쾌청하던 하늘이 흐리기 시작했다. 앞산의 청청한 신록이 엷은 안개에 묻히고 있다. 냇가의 물소리는 봄을 한층 흥겹게 한다. 과연 초록의 세상이 되었다. 여기저기 피어 있는 들꽃은 삶이 얼마나 숭고한 것인가를 일러준다. 하늘에는 별이 있고, 땅에는 꽃이 있고, 인간에게는 사랑이 있다는 것은 바로 자연의 이치가 아닌가.

우리 일행이 도착한 이곳은 정확하게 말하면 오오이다현大分縣 구주九重 유스보湯坪 온천장이다. 이곳은 그야말로 한적한 시골 냄새가 그대로 밴 동네다.

미리 예약한 숙소를 찾았다. 찌도리千鳥라고 하는 민박집이다. 이 집의 자랑은 '음식은 맛있고, 편안히 쉬는 집' 이라 한다. 이층으로 된 목조 건물로 정결하기가 이를 데 없다. 모리 가오리라는 여주인이 혼자서 이 일 저 일 다 하는 모양이다.

우리 일행보다 먼저 온 사람들이 온 얼굴에 웃음을 담고 인사를 한다. 모두가 즐거운 표정이다. 그들 세 부부는 뒷산엘 다녀온 모양이다. 부인네들은 마당귀에 둘러앉아 고사리를 바지기로 캐어놓고 다듬으면서 다정히들 이야기를 소곤거리고 있다.

나는 '히바리' 라고 쓴 방을 배정받고 여장을 풀었다. 가벼운 옷(유가다)을 갈아입고 노천 온천에 몸을 녹였다. 돌 틈으로 졸졸 흘러내리는 뜨거운 온천수는 피로를 말끔히 씻어 주었다. 하늘이 보이는 노천이니 오월의 하늘을 적시는 봄 내음이 진하게 전해온다.

온천을 마치니 하늘을 훨훨 날 것만 같다. 뜰이 아담하다. 여러 가지 꽃들이 피어 있다. 그 가운데 쿠마가이소熊谷草라고 부르는 꽃이 마음을 끈다.

이 꽃은 두 개의 큰 잎 사이에 10센티미터 정도의 흰색과 분홍색 꽃잎이 어울려 피어 있어 아름답기가 그지없다. 꽃말은 '너를 잊을 수 없다' 라고 한다. 세상을 살면서 꼭 잊어야 할 일들이 있는가 하면 진정 잊을 수 없는 기억들이 얼마나 많은가. 가슴이 뜨거워짐을 느낀다.

저녁때가 되었다. 앞산의 저녁북새가 안개 사이로 묘한 빛으로 변하면서 춤을 추는 것 같다. 무어라 해도 여행은 먹는 재미가 곁들여야 한다.

식당으로 갔다. 먼저 자리한 세 부부는 눈웃음으로 인사를 한다. 정갈하고 맛깔스런 요리가 그득하다. 후카오리 부부를 마주하고 앉았다. 주고받는 술잔에 5월의 밤이 그득그득 쌓였다.

밤새도록 비가 내렸다. 후카오리 부부의 따뜻함이 빗소리로 쌓이고 있다.

아침이다. 쾌청한 날씨다. 뒷산으로 갔다. 맑은 공기다. 숲은 잔잔한 정적으로 싸여 있다. 개구리가 울어대니 정적은 더 깊어 간다. 표지판이 서 있다. '산길에서는 차를 이용하지 마십시오. 자연을 보호하기 위해서입니다. 만약 지키지 않으면 1~3만엔의 벌금을 물어야 합니다. 꼭 필요한 경우에는 촌장의 허가를 받으십시오' 라고 쓴 경고의 사연이다. 자연을 아끼고 가꾸려는 사람들의 정신이다. 이런 산골 온천 분위기가 부럽기만 하다.

고개를 들고 하늘을 보았다. 맑은 햇살이다. 먼 산 중턱을 감는 엷은 안개의 띠는 한 폭의 그림이다. 여기저기 숲에서 지저귀는 새소리가 빤짝인다.

시냇물 소리로 적막은 한결 깊어만 간다. 이제는 저 정적을 밟고 어디로 떠나야 한다고 생각하니 사람의 욕망이 부질없다는 것이 새삼스럽기만 하다.

작은 꽃병

가와다나 역에 내려 차도를 따라 20분 정도 걸으면 온천 마을로 들어선다. 이곳이 그 유명한 가와다나 온천이다. 무척 한적한 동네다. 때때로 개 짖는 소리도 들린다.

마을 여기저기 고풍스런 여관이 온천다운 정취를 불러일으킨다. 마을길을 따라 산을 바라보고 걸으면 농가가 띄엄띄엄 지나간다. 집집마다 들꽃이 화사하다. 문득 작은 꽃병 하나가 생각난다.

봄이 한창 무르녹는 오후였다. 가와다나 역에서 온천 마을로 가는 길가에 작고 아담한 연립주택이 늘어서 있다. 그 창가에 시선이 멈추었다. 창에는 고운 커튼이 드리워 있고, 커튼 사이로 예쁜 꽃병 하나가 보였다. 흑장미 대여섯 송이가 조용히 밖을 내다보고 있었다. 빈 집이었다. 모두 직장에 나갔나 보다.

아무도 없는 길가의 작은 창과 고운 커튼, 그리고 배가 부른 꽃병에는 따뜻한 미소가 담겨 있었다.

보면 볼수록 정이 갔다. 이 꽃병은 종일 창을 지키면서 오가는 행인에게 미소를 보내고 있었다. 꽃병의 주인은 어떤 사람일까. 꽃처럼 고운 미소를 지닌 사람일 게다. 길 가는 행인을 위해 꽃을 마련한 것처럼.

봄은 가고 여름이 이글거리는 어느 날, 다시 그 집 앞을 지나게 되었다. 작은 창과 꽃병이 생각났다. 창 앞에 섰다. 커튼에는 여름이 일렁이고, 꽃병에는 여전히 싱싱한 꽃더미가 나를 반갑게 맞는다. 가슴이 찡했다.

오늘도 그 창을 지나 가을을 따라 걷고 있다. 나락을 벤 논에 파란 순이 돋아 봄이 다시 온 것 같다. 파란 들판의 정적과 바알갛게 물든 단풍은 묘한 조화를 이루어 한 폭의 아름다운 풍경화를 연상하게 한다.

청대가 울창한 언덕에 앉았다. 한 농가의 뒤뜰에 가지가 휘어지게 붉은 감이 무리무리 달려 있다. 온 산이 풀벌레 소리에 묻혀 있다. 억새의 흐드러진 모습도, 능선을 따라 가는 구름도 정적 속에 잠기는 오후다. 그 속에 작은 꽃병 하나가 웃고 있다.

별이 있는 바다

1995년 4월 4일. 신학기가 시작되었다. 맑은 날씨다. 오늘은 신입생 연수를 가는 날이다. 1박2일 예정으로 오오이다현大分縣에 있는 스미요시 하마 리조트 파크로 간다.

신입생은 중국 코스, 코리아 코스, 동남아시아 코스, 남아시아 코스 모두 238명이다. 이 가운데 코리아 코스는 40명이다.

인솔 책임자 우에다 선생을 비롯하여 15명의 교수와 본부 요원 히라다 차장 외 2명을 위시하여 협력 학생 13명이다.

서철西鐵 버스 5대에 분승하여 히라노에서 예정시간인 9시 40분에 출발하였다. 목적지까지는 3시간이 소요된다고 한다. 필자가 탄 차는 6호차이다. 코리아 코스 40명과 보조 학생 2명, 그리고 다가시마 선생과 필자 모두 44명이 동승하였다. 운전사의 인사말이다.

"반갑습니다. 목적지까지 무사하게 모시겠습니다. 잘 부탁합니다."

이어서 안내양 노오다 양의 몇 가지 주의 사항이다.

“여러분 반갑습니다. 차가 흔들리고, 급브레이크를 밟을 경우 짐이 떨어질 염려가 있으니 조심하여 주십시오. 그리고 쓰레기는 의자에 푸른 비닐이 있으니 거기에 넣어 주십시오. 그리고 차내에서는 담배를 삼가 주십시오. 잘 부탁드립니다.”

모두 그대로 듣고만 있다. 처음 대하는 얼굴들이니 어색한 반응이다. 중간 지점쯤 휴게소에 차가 멈췄다. 하차를 하였다. 몸을 풀고 차는 북구주에서 고속도로를 타고 동남쪽으로 달리고 있다. 나가쯔를 지나니 툭 트인 푸른 바다가 눈앞에 다가선다. 태평양이다. 푸르디푸른 대양 앞에서 학생들은 아무런 말이 없다. 조용하다. 바다처럼. 연도에 만발한 유채꽃은 푸른 빛깔과 어울려 춤을 춘다.

모롱이를 돌아가니 시골의 한가한 풍경이 숨을 죽이고 있다. 산을 등지고 오순도순 앉아 있는 동네에는 고이노보리鯉幟가 한창이다. 이 고이노보리는 자녀들을 축복하기 위한 의식으로 여자는 3월 3일에 행하는데 히나마스리雛祭라 하고, 남자는 5월 5일 즉 단오절에 올리는데 이를 고이노보리라고 한다.

고이는 비단이나 종이로 만든 잉어로, 아름답게 채색을 하여 아들 수대로 긴 장대에 매달아 놓으면 바람을 먹고 하늘에서 헤엄을 친다. 그 크기가 다양하여 4~5미터나 되는 것도 있다.

차가 산골로 접어들었다. 숨을 가쁘게 쉬며 계곡을 따라 계속 올랐다. 숲이 울창한 계곡에는 맑은 물이 치렁치렁하다. 계곡의 정적을 울컥울컥 마시며 오르다가 고개를 넘어 내리막길로 접어든다. 바다를 향해 돌진하는 것 같다.

들판에는 보리가 한창이다. 보리가 자라는 계절이다. 가슴에 은은한 물기가 젖는다. 까마귀가 목쉰 소리를 남기고 날아가고 있다.

이윽고 목적지에 접어들었다. 넓은 개펄이 펼쳐져 있다. 내가 자라던 고향과 꼭 같다. 개펄 저기저기 수많은 새떼가 어울려 먹이사슬을 하고 있다. 모롱이를 돌아 우거진 송림 사이로 들어섰다. 눈부신 백사장이 길게 누워 있고, 잔잔한 파도가 가벼운 몸짓으로 모래사장을 어루고 있다.

여기가 목적지인 스미요시 하마 리조트이다. 대연회장에 모였다. 500명이 들어갈 수 있는 다다미방이다. 모두가 제자리를 찾아 앉았다. 교수들의 자기 소개가 있었다. 이 가운데 외국인은 중국에서 온 조선생과 미국인 고린 선생과 필자 세 사람이다. 이어서 교무과의 여러 가지 전달이 있었다.

오후의 햇살이 조용히 내리고 있는 해변을 걸었다. 파트별 상견례에서 모두 자기 소개를 하고 취미대로 게임을 했다. 처음 대하는 학생들이라 모두 적극성이 없다. 골프, 자전거, 농구, 쇼트볼 등 많은 시설이 있다. 시설 이용비는 전액 학교 부담이다. 학생들과 어울려 탁구를 했다. 모처럼 즐거운 시간을 가졌다. 웃고 떠들고 치고받고… 모두가 서툰 솜씨지만 시간 가는 줄 몰랐다.

저녁 식사 시간은 6시이다. 넓고 푸른 잔디밭에 원탁이 즐비하다. 한 식탁에 5명씩 자유로이 앉으라는 여행사측 직원의 마이크 소리가 들린다. 말없이들 앉는다. 식사는 불고기와 야채와 밥이다. 교원들은 별도의 좌석에서 풍성한 식사를 했다.

어둠이 해변에 깔렸다. 다까시마 선생과 같이 숲길을 걸었다. 솔밭 사이로 검은 바다가 일렁인다. 초승달이 실눈으로 내려다보고 있다.

326호실은 크고 화려한 방이다. 외국인 교수에게는 특별한 배려를 하는 모양이다. 창밖의 바다가 달려오는 것 같다. 파도 소리가 창을 때린다. 시침은 정각 11시를 가리키고 있다. 누군가 문을 두드린다.

"이제 소등을 했습니다."

"안녕히 주무세요."

불을 끄고 커튼을 걷었다. 그리고 검은 바다와 별을 보았다. 쏘목쏘목이는 수많은 별을 보며, 나의 유년의 별을 찾았다. 고깃배인지 발동기 소리가 점점 가깝게 들린다. 고향의 앞바다가 눈앞에 서언히 떠오른다.

기막힌 재채기만 하고

– 백제 마을에서

나는 지금 미와자끼현宮崎縣 난고손南鄕村에 있는 백제 마을百濟の里 동구에 서 있다. 한글로 쓴 〈백제의 마을 입구〉라는 플래카드가 하늘을 가리고 펄럭인다. 돌로 다듬은 한국의 장승이 서 있는 길섶에는 갈꽃이 한창이다. 꽃잎마다 백제 왕족의 전설이 방울방울 서려 있다. 난고손南鄕村 백제관 푸른 기와에도 가을의 얼굴 한쪽이 길게 늘어서서 날 맞이하고 있다.

나당 연합군에 의해 백제가 멸망한 후 그 왕족 정가왕禎嘉王 일행은 가족과 함께 찌구지筑紫를 목표로 항해를 계속하였다. 순조로운 항해였으나 급기야는 모질고 거친 폭풍을 만나 정가왕은 어쩔 수 없이 일행과 헤어져 휴가국日向國의 가네가 하마金ケ浜에 무사히 도착하였다. 그리고 아들 복지왕福智王과 그 일행도 가꾸지 우라蚊口浦에 각각 상륙하게 된다.

그 후 아버지 정가왕은 깊은 산 속 미가도神門 난고손南鄕村에 머물러

오랫동안 평화로운 나날이 계속되었다. 그런데 왕족의 소재를 알아낸 추적군이 미가도 남고손으로 쳐들어 왔다. 히끼의 복지왕도 이 사실을 전해 듣고 달려와 교전을 하였으나, 불행하게도 화지왕(차남)과 정가왕은 화살을 맞아 전사하고 만다. 이들 왕은 미가도 입구의 쯔가노하라塚の原에 안장되어 지금까지 그 고분이 보존되고 있다. 그리하여 정가왕은 718년에 세워진 미가도 진자神門神社에 '미가도 명신' 으로 모셔져 후세 사람들의 추앙을 받으며 오늘까지 백제인의 따뜻한 체취가 훈훈하게 살아 있다.

그들은 당시 백제 사람들의 향기 높은 문화와 의학 그리고 농업 기술을 배워 보다 풍요로운 생활을 할 수 있게 되었던 것이다. 그리하여 백제 왕족의 높은 인격을 존경하는 진정한 마음에 의해 신으로 받들어 모셔졌기 때문이다.

복지왕 역시 사후에 히끼 신사의 대명신으로 모셔져 해마다 행해지고 있는 부자 상면을 재현하는 '시와스 축제師走祭り' 는 일본 전국에서도 진귀한 행사로 알려져 있다.

이 축제는 왕족의 후손들과 마을 사람들이 신체神體를 모시고 그들이 걸었던 길을 그대로 걸으며 수천 년 전의 백제인을 추모하는 행사이다. 또한 부여의 왕궁 터에 있는 '객사' 를 모델로 하여 한 · 일 우호의 상징으로 지은 '백제관' 의 기와와 단청도 한국 사람들에 의해 이루어졌다.

그리고 '연인의 언덕戀人の丘' 에는 부여 문화원의 도움으로 백화정白花亭을 그대로 옮겨 놓은 것 같이 세워져 있다. 백화정에 걸려 있는 인연의 종縁の鍾에는 '백제의 고도 부여에서 백제 마을 난고손에 보내는 소리' 라는 한글 메시지가 쓰여 있다.

정자 주위의 울창한 소나무 숲에는 오랜 세월이 지난 지금도 백제의 맥박이 산과 들로 울려 퍼지고 있다. 더구나 미가도 신사에 전해오는 백제 왕족의 유품(구리 거울)을 보관하기 위해 나라奈良에 있는 나라 쇼쇼잉奈良 正倉院과 똑같은 서쪽의 쇼쇼잉西の 正倉院이라는 웅장한 목조 건물이 난고손南鄕村에 1996년 3월에 완공을 보았다.

산기슭에는 노송의 바람소리가 귓전을 쓰다듬고, 길길이 피어있는 억새꽃은 가을을 흔들고 있다. 들판 그득히 걸어 놓은 나락 내음이 물소리에 젖고 있다. 늦가을 햇살에 파랗게 돋아나는 쑥내음도 적막한 산골 마을에 그득하다.

저만치 걸어가는 할머니의 뒷모습도 꼭 백제인의 걸음걸이다. 눈을 감으면 백제 사람들의 발자국 소리가 들리고 골목마다 수군수군 말소리가 살아난다. 익어가는 가을의 모퉁이에 서서 서쪽 하늘을 바라보면서 은은하게 흘러오는 백화정의 종소리를 듣는다.

뒤를 돌아다보면 그리운 것뿐이고, 앞을 내다보면 가고 싶은 곳뿐이다. 저기 연인의 언덕을 어루만지는 노을은 일본 속의 한국 눈빛으로 빛나고 있다.

어쩔거나 제자리에 서서 가슴을 쿵쿵 치는 소리를 따라 돌이라도 되었으면 싶다. 저 눈부신 태양 때문에 눈물이 나고 기막힌 재치기만 계속될 뿐이다. 가슴 한쪽이 어디로 갔는지 알 수가 없다. 땅거미가 내리는 언덕으로 개울물 소리만 돌돌 굴러가고 있다.

어느 생선장수의 눈빛

계속되던 비가 개고 햇살이 곱다. 햇살을 따라 어디로 가야만 될 것 같다. 가와다나 온천으로 가자. 평소에 늘 생각하고 있던 터라 마음이 한결 가벼워진다.

가와다나 온천은 내가 기거하고 있는 에다미쯔에서 기차로 한 시간 반 정도의 거리에 있는 한적한 곳이다. 번거롭기는 하지만 시모노세키에서 차를 갈아타는 것도 재미있는 일이다. 시모노세키에서 가와다나로 가는 선로는 단선이다. 두 량의 디젤 기관차는 언제나 붐빈다. 주로 시골 사람들과 노인들이다. 입석이 대부분이다. 하지만 아무런 말들이 없다.

늘어진 들판과 바다를 끼고 달리는 해안선의 풍경이 시원스럽다. 가슴에 막힌 체증이 쑥 내려간다. 들판에는 모내기가 한창이다. 군데군데 누렇게 익은 밀밭에는 초여름의 햇살이 살찐다. 먼 산의 능선이 둔하게 흐른다. 더구나 소나무가 없는 산은 연골동물의 등허리 같은 느낌이다. 이러한 풍경이 이국의 정취를 더해주고 있다.

가와다나역에 도착했다. 작고 아담한 역이다. 역 주변에는 온천, 여관, 음식점 등의 간판이 늘어서 있다.

"꽃을 심어 당신의 얼굴에 웃음을 피우고 싶다."

"쓰레기를 버리지 말자. 던지지 말자."

– 성의 소학교 뽀란데이아 구락부

어린이들이 쓴 서툰 글씨가 시선을 끌었다. 시골의 정적은 역을 묻고 있다. 늘어선 들판이 정답다. 의자에 앉았다. 육십쯤 되어 보이는 부인이 들판을 하염없이 바라보고 있다. 나는 그 시선을 따라 들판 끝에 있는 작은 마을을 바라보았다.

"저 마을에 사십니까?"

하고 물었더니, 의외로 웃음 띤 얼굴로 그렇다고 한다. 이어서 이야기가 계속되었다.

사십 여 년 동안 이 기차를 타고 다니면서 생선장수를 하고 있다는 자기소개를 하고, 오늘은 고깃배가 모두 쉬기 때문에 외출을 한다고 말하는 얼굴에는 여전히 미소가 떠나질 않는다. 순박한 눈에 은물결 같은 정이 흐르는 작은 체구의 노인이다. 나이를 물었더니, 칠십이라고 한다. 아무리 보아도 육십 이상은 보이지 않는다.

다시 말을 잇는다.

“내 나이 삼십에 혼자되어 아들, 딸 둘을 길러 모두 출가 시키고…. 지금도 새벽에 일어나 판장에 나가 생선을 받아, 쿠로사끼, 고꾸라, 야하다 등 도시의 음식점에 대어주고 있습니다. 이제는 허리도 아프고 팔다리가 쑤시지만, 비가 오나 눈이 오나 쉬는 날이 없습니다. 옛날에는 저 들판에 집도 없었고, 송림이 울창한 해변에는 하얀 모래사장이 늘어서 있었는데, 이제는 송림도 모래사장도 모두 없어져 버렸습니다.”

눈빛이 촉촉해진다. 생선 장수만의 눈물이 아니다. 이들은 생선장수를 하거나 음식점 요리사를 해도 자신이 하는 일에 전심을 기울여 긍지를 갖고, 보람을 찾으며 스스로의 삶을 밝히려고 노력하고 있다.

삶의 주변에 꽃을 심고 가꾸어 모두에게 웃음을 꽃피우고 싶다는 어린 코흘리개 손으로 쓴 광고판에서 이네들의 생활이 이루어지고 있구나 하는 생각을 한다.

들판을 은은히 적시며 하늘로 오르는 하얀 연기를 바라보며, 내가 자란 고향을 그려본다.

나 이제 왔어

가을이 한창이다. 내가 기거하고 있는 아파트 주변에도 여기저기 가을꽃이 피어 있다. 혼자 사는 아파트라 삭막하기가 그지없다. 하지만 해질 무렵의 노을은 일품이다. 바알갛게 타오르는 야하다의 머리카락은 눈물 같은 그리움을 안겨준다.

땅거미를 밟고 매일 시장이나 슈퍼에 들러 찬거리를 준비해야 하니 번거롭기 짝이 없다. 더구나 낯선 외국생활이고 보니 삭막하거나 번거로움 쯤을 운운할 겨를이 없다.

어느 날 에다미쯔 시장 안에 있는 꽃가게 앞에 섰다. 많은 종류의 꽃들이 향기롭다. 가슴이 훈훈해 온다. 국화 세 송이를 샀다. 잎이 싱싱하고 꽃망울이 금시에 터지려고 한다. 따뜻한 미소가 쏟아져 나올 것만 같다. 화병에 꽂았다. 방안이 금시에 밝아온다. 며칠이 지났다. 꽃은 점점 그 커다란 세계를 열고 있다. 빛깔도 더욱 선명해지고 있다. 자색의 고운 꽃잎은 윤기가 자르르 흐른다.

그런데 세 송이 가운데 한 송이가 힘이 없다. 그 싱싱하던 잎도 맥이 빠져 축 늘어지고 있다. 이에 비해 다른 두 송이는 잎도 싱싱하고 꽃 또한 탐스럽다. 왜일까. 물을 갈아주고 창을 열어 환기도 하였다. 그런데도 여전히 잎과 꽃이 함께 힘없이 늘어졌다. 나 자신도 맥이 빠져 기운이 없다.

눈을 감았다. 돌담을 기어오르는 담쟁이의 싱싱한 푸름이 환상처럼 피어오른다. 엉성하게 쌓은 돌담을 이리저리 움켜잡은 울둑불둑한 근육이 생기가 넘친다. 연초록 순이 돋았다. 새 세상을 열고 있다. 고향집의 초록빛 돌담 밑에 쭈그리고 앉아 그림같이 떠 있는 섬을 바라보던 시절이 화경처럼 선하다.

이상하다. 꽃잎을 이리저리 조심스럽게 살폈다. 아니나 다를까. 그 꽃망울 속 깊이 작은 벌레 한 마리가 거미줄을 치고 들어앉아 낮잠을 즐기고 있지 않는가. 그랬구나. 이 벌레 때문에 잎이 마르고 꽃도 제대로 피지를 못하고 시들시들 하였던 것이다.

"네 요놈, 거기서 무얼 하는 거야! 저리로 꺼져."

호통을 치고 마른 잎을 따주고 물을 다시 갈아주었더니, 잎도 되살아나고 꽃 또한 생기를 되찾기 시작하였다. 그렇지만 한번 병든 몸이라 꽃송이도 작고 잎도 볼품이 없다. 그래도 열심히 피어 제 모습을 나타내 보였다.

그 후 계속 꽃가게에 들러 장미도 사고 베고니아도 샀다. 어제는 들국화 한 다발을 가져다 화병에 꽂았다. 고향 냄새가 났다. 나락이 누렇게 익어가는 논길에 피어 있는 들국화의 하얀 순수가 눈앞을 가린다.

전차 시간을 보고 집을 나선다. 뒤를 돌아보며,

"다녀올게…."

"잘 다녀오세요…."

발걸음이 무척이나 가볍다. 하루 일을 끝내고 돌아와 문을 열고 들어서며,

"나 이제 왔어…."

오늘도 화병의 꽃들을 바라보며 발갛게 타오르는 야하다의 저녁노을을 바라보며 그리운 사람들을 생각한다.

빛 속을 헤엄치다

아소산 우부야마 무라産山村에 이께야마 스이겐池山水源이라는 샘이 있다. 이 샘은 약 서른 평 남짓 되는 물웅덩이로 되어 있다. 그런데 웅덩이 바닥 여기저기에서 물이 솟아오르고 있다. 끊임없이 솟아오르는 물과 함께 좁쌀 같은 모래가 위로 솟다가 사방으로 갈라지며 흩어진다. 마치 수많은 꽃송이가 쉬지 않고 피고 있는 형상이다.

이곳 주민들은 옛부터 풍부한 이 물을 이용하여 농사를 지으며 조상 대대로 살아왔다고 한다. 이 샘은 아무리 극심한 한발이 와도 마르는 일이 없고, 웬만한 폭우에도 넘치지 않는 신비한 샘이라 한다.

이런 샘에 대한 주민들의 각별한 마음은 물을 숭상하는 전통으로 이어져 내려왔다. 이들은 샘 주변을 정화하고 정결하게 다듬어 보호하고 있다. 그리고 해마다 8월 5일이 되면 샘의 신을 위한 성대한 축제가 행해진다.

그런데 1976년 제사를 준비하면서 못을 청소하던 중 못 바닥에서

한 구의 신상을 발굴하였다고 한다. 약 200여 년 전에 지구를 휩쓴 대홍수로 가옥이 유실되는 등 커다란 재해가 있었다고 하는데 아마 그때의 것으로 추정할 따름이다.

이로 인해 샘에 신당을 건립하고 신의 샘神泉으로 이름하여 그 명성이 자자하다. 샘의 깊이는 일 미터 정도이다. 바닥에서 폭폭 솟아오르는 물의 그림자가 햇볕에 빤짝이는 것을 보고 있으면 신비의 세계로 빨려드는 것 같다.

샘의 주변을 둘러보면 특별히 다듬은 흔적은 찾아볼 수가 없다. 자연의 모습 그대로다. 거기에는 잡초도 무성하고, 갖가지 들꽃이 고개를 저으며 흐늘거리고 있다. 그리고 파란 물풀과 나무뿌리가 엉켜있다. 샘 가운데 주저앉아 있는 아담한 바위 위에 자란 한 그루 소나무는 샘을 더욱 신성스럽게 하고 있다.

옛적부터 물과 인간은 절대적인 관계를 맺고 살아왔다. 물은 모든 생명의 원천이며 빛이기 때문이다. 나는 지금 이 샘을 들여다보며 물의 신과 어울려 파란 생명의 빛 속을 헤엄치고 있다.

사라고라血倉山의 바람

일본 후고가현에 속하는 북구주시는 한국과 가까운 도시이다. 인천시와 자매 도시로 여러 가지 문화 교류를 하고 있다. 게다가 많은 재일 한국 교민이 거주하는 곳이기도 하다.

사라고라산은 북구주시의 야하다에 위치한, 해발 662미터로 인근에서 제일 높은 산이다. 야하다의 히라노平野에 있는 구주국제대학에서 고개를 들면 눈앞에 다가오는 평범한 산이다.

산봉우리에는 각종 안테나가 무성하게 보인다. '저 산에 한번 올라야지' 하고 생각하던 차에 같은 코리아 코스에 있는 다가시마高島선생이 '사라고라에 가보자' 고 청한다. '그렇게 합시다' 하고 고맙게 말하였다.

산 어귀에서부터 일인용 케이블 의자가 오르내리는데 오전 10시부터 오후 6시까지 운행하고 있다고 한다. 그것도 멋있겠다고 생각했다. 다가시마 선생은 날씨도 추우니 자신의 승용차로 가자고 한다. 그것도 좋다고 했다.

그 차는 미쓰비시의 80년 구형인데도 성능이 새 차와 같다는 자랑이다. 더구나 북해도의 눈 속에서도 엔진이 꺼지지 않는 특수한 장치가 있다고 한다.

차는 산등성이를 돌아 골짜기를 따라 천천히 올랐다. 산 속에 들어와 보니 겉보기와는 달리 골짜기도 깊고 수목이 울창하여 원시림 그대로다. 울창한 스기목을 주종으로 하여 수령 200년이 넘은 삼나무 숲은 보호림으로 지정되어 있다고 한다. 그 외에도 동백, 떡갈나무, 단풍, 졸참나무, 벚나무와 각종 잡목이 혼생하고 있어 식물의 보고로 알려져 있다.

또한 이 숲에는 많은 조류와 동물이 서식하는데 특히 여우와 산돼지는 그 모습을 가끔 보인다고 한다. 숲 속 특이한 습기 내음이 코를 찌른다. 겨울인데도 고사리의 넓은 잎이 파랗다. 몸집이 거대한 스기가 여기저기 유령처럼 서 있다. 컴컴한 분위기가 가위 심산유곡임을 실감하게 한다.

산 중턱을 지나니 온통 억새밭이다. 시들은 억새의 물결에 야하다의 숨결을 느낄 수 있다. 주차장에 차를 세웠다. 주위를 둘러본다. 이층으로 된 여관과 기념품 가게와 식당도 보인다.

우리는 우동을 시켜 요기를 했다. 창가에 서 있는 여주인이 산돼지가 나왔다고 법석이다. 창가로 갔다. 과연 어미 두 마리에 새끼가 세

마리다. 틀림없는 멧돼지다. 이들은 이노시시猪 또는 야죠野猪라고 한다. 사람을 경계하는 기색은 전혀 없다. 야성을 잃어버린 것 같다.

매서운 바람 한 떼가 지나간다. 전선이 슬프게 울어댄다. 수많은 안테나 사이에 방향을 가리키는 둥근 표지판血倉山方位盤 하나가 눈길을 끈다. 거기에는 멀리 보이는 섬들의 방향과 거리가 표시되어 있다. 그리고 파리, 런던, 뉴욕, 베를린, 스톡홀름 등의 거리가 명기되어 있다.

그 가운데 경성京城 480킬로미터라는 글자가 선명하다. 반세기가 지난 오늘에도 일제의 잔재가 그대로 남아 있었던 것이다.

서울의 한자 표기는 한양漢陽, 한성漢城 등으로 쓰였지만, 1910년 10월 10일 '조선총독부령 제6호'에 의해 경성京城으로 칭하게 되어, 36년 동안 일제의 식민 통치를 상징하는 명칭으로 쓰였던 것이다. 1945년 일제가 패망하고 대한민국 정부가 수립됨으로써 '서울'로 표기하게 되었다.

이러한 사실을 구주국제대학 코리아 연구회가 발견하게 된 것이다. 이를 북구주시에 알리고, 여러 언론기관에 강력하게 시정을 요구하는 보도 자료를 보내게 되었다.

그리하여 1994년 10월 25일 아사히신문朝日新聞에 〈北九州血倉方位盤 差別表示〉라는 표제로 세상에 알려지게 되어, 1995년 5월 17일에 개수한 새 표지판에 '경성'을 '서울'로 고치게 한 것이다.

구주국제대학 코리아연구회가 창간한 회지 〈사마귀〉에는 일제하에서 핍박받던 한국인 노동자에 대해 수집한 자료를 수록하고, 현지를 답사하면서 홍보하는 활동을 계속하고 있다.

사라고라 정상에서 바라보는 바다(동해)는 수평선으로 둘러 있다. 저 너머에 있는 정다운 얼굴들을 생각한다. 앞으로 2년 후면 이곳을 떠나게 될 것이다.

다가시마 선생은 머리카락을 휘날리며 내게로 다가와 "사라고라의 바람은 어느 쪽으로 가지요?" 하면서 싱긋 웃는다.

가슴에 피는 꽃

– 고꾸라 교회의 주문홍 목사

현재 일본에는 약 100만 명(귀화, 국제결혼 포함)의 한국 동포가 거주하고 있다. 그 가운데 90% 가량은 일본에서 태어난 3세들이지만, 아직도 70만 명의 한국인이 등록되어 있다고 한다. 이러한 상황에서 아직까지도 한국인은 차별대우와 억압을 받으며 살아가고 있는 실정이다.

돌이켜보면 1905년에 303명이었던 동포가 1945년 패전까지 2,365,263명으로 불어나게 되었다. 이러한 현상은 1910년부터 2차 대전 말까지 약 230만 명이 강제노동과 내선일체라는 명목 아래 징용과 징병에 동원되었기 때문이다.

1945년 8월 이후 170만 명이 모국으로 귀환하게 되었으나, 1950년 6 · 25 전쟁이 발발하게 되어 약 60만 명이 그대로 남게 되었다. 이들의 98%가 남한에 고향을 둔 사람들이라 한다.

지난 36년간의 일제강점기에 일본에 거주하고 있던 230만 뿐 아니라 우리 민족 전체를 일본인화 하기 위하여 우리의 성명과 문화말살

정책으로 전국토가 황폐화된 것은 기정의 사실이다.

지금도 재일동포들은 법적으로 투표권이나 공무직 응시 자격조차 없는 실정이다. 이런 와중에 1959년부터 10만 명의 동포들이 적십자를 통해 북송되었다. 이때 일본인 1,800명도 포함되어 있었다.

그 배경에는 일본 사회의 극심한 민족차별과 경제난, 그리고 취업난 등이 직접 원인이 되었을 뿐 아니라 북쪽의 '꿈의 낙원' 이라는 선전이 한 몫을 차지했다고 한다.

이렇게 간난과 멸시를 당하고 사는 조선인에게 따뜻한 피난처가 된 곳이 바로 '재일동포교회'(1908년)의 창건이었다. 더구나 1923년에 일어난 동경 대지진으로 극심한 혼란과 조선인에 대한 무차별 학살이 자행되던 가운데 큐슈 지역에도 복음운동의 싹이 트기 시작했던 것이다. 그리하여 1923년에 '고꾸라 교회' 가 창건되어 오늘까지 이르게 된 것이다.

고꾸라 교회는 높은 종탑이 있는 큰 건물이 아닌 작고 아담한 일본식 목조 단층 건물이다. 커다란 십자가와 화려한 간판도 보이지 않는다. 하지만 한국 교민들이 모여 예배를 드리고, 한글을 공부하면서 친교를 다듬는 정다운 곳이다. 이 교회의 발전을 위하여 노력하고 있는 분이 바로 주문홍 목사이다.

1997년이 교회 창건 70주년이 되는 해였다. 이를 기념하기 위하여 〈교회창건 70주년 기념지〉를 간행하고, 기념행사를 엄숙하게 올렸다고 한다. 주 목사는 기념지 권두언에서 고꾸라 교회의 탄생 내력을 상세하게 설명하면서 그 필연성을 강조하고 있다.

당시의 북큐슈는 탄광지대로 조선인 노동자가 모여들어 살을 에고 뼈를 깎는 고통을 겪으며 사는 현장이었다. 그리고 가족까지 이주하여 조선인 동네가 생기게 되자 '기도하는 집' 을 열게 되었던 것이다. 이 곳이 아픔과 고통을 나누는 휴식의 장소이고 고향의 언어가 있는 공간이된 것이다.

1945년까지 18년 동안 교회를 짓고 150명이 넘는 교인이 모이게 되었다. 특히 탄광에서 일어나는 빈번한 사고와 노동 현장에서 자행되는 가혹한 폭행과 인간 이하의 고된 중노동은 바로 지옥 그 자체였다(하하키치 호세이의 소설 《세 번째 해협》에서 그 실상을 잘 그리고 있다). 이처럼 핍박당하는 조선인 노동자의 안식처가 된 곳이 교회였던 것이다.

이 곳은 재일 인권 운동가였던 최창화 목사가 1927년 8월에 설립한 교회로, 일본 교회의 탄압으로 교회 명칭도 간섭을 받게 되고 기본적인 권위마저 짓밟혔던 적이 있었다. 초대 송영길 목사는 일경의 강압에 의해 본국으로 돌아가 해주에서 순교하였다고 한다.

그 이후 일본의 패전으로 교회를 재건할 수 있게 되었다. 그리고 탄광에서 희생된 조선인 노동자의 유골을 안장하기 위하여 납골당도 세웠다. 또한 교포의 지문 날인 제도와 외국인 등록법의 부당함을 국제사회에 호소하기도 하였다.

이러한 활동은 재일동포의 주체성을 자각하는 데에 커다란 역할을 하였다. 주문홍 목사는 성격이 온후하면서도 한국인의 긍지와 자존심을 가진 가슴이 넓은 분이다. 그는 지금도 고꾸라 교회에서 재일동포의 권익을 위하여 가슴에 자라는 꽃을 안고 모든 노력을 아끼지 않고 있다.

꽃밭에 말이 있다

한 폭의 그림

나는 윤재潤齋 선생의 동양화 한 폭을 소중히 간직하고 있다. 십수 년 전 이 그림을 맞아 지금까지 따뜻한 마음으로 생활을 함께 하고 있다. 그림을 보고 있으면 한눈에 무릉도원이 여기가 아닌가 하는 생각을 떠올리게 한다.

봄이 한창 무르녹은 화창한 날씨다. 온 마을이 복사꽃에 묻혀 꿈결인양 평화롭다. 멀리 초가집 몇 채가 울창한 소나무 숲에 둘러싸여 있고, 안개 자욱한 앞바다에는 고깃배 두어 척이 조는 듯 떠 있다.

마을과 마을을 잇는 작은 언덕은 다정하게 누워 있다. 그 언덕으로 붉은 옷을 입은 아이를 등에 업고 작은 함지박을 인 여인이 앞서가고, 그 뒤로 도포를 입고 갓을 쓴 두 노인이 지팡이를 짚고 묵묵히 오르고 있다. 그리고 지게에 짐을 가득 진 두 사람의 농부가 그 뒤를 따르고 있다. 모두가 조용한 걸음이다.

이 그림에는 바다의 갯내음이 살아나는가 하면 복사꽃 만발한 향기로 가득 차 있다. 또한 푸름이 자욱한 들판으로 몰려오는 개구리 소리는 하늘을 울린다.

그림을 다시 바라보면 거기에는 잃어버린 고향의 맥박이 서려 있고, 내 유년의 목소리가 들리고, 그 낭랑한 웃음 한 떼가 살아 있으니 고향에 사는 마음을 살리게 하는 그림이다.

자연은 순수와 통하는 말이다. 사람들은 그러한 순수를 누리지 못한다. 다만 그리워할 뿐이다. 이 그림을 보고 있으면 자연의 가슴에 약동하는 생명의 신비를 만날 수 있다. 그 심장의 고동을 들어보라. 사람의 힘이 얼마나 미약한 것인가를 알 것이다.

어느 여름, 그 해 더위는 무서웠다. 그 여름밤을 해상에서 보낸 적이 있다. 불볕더위가 쏟아지는 어선에서 밤을 맞았다. 배를 바다 가운데 정박해 놓고 선원들은 하루의 피로에 깊은 잠에 빠졌다. 바다도 잠이 들었다. 대낮의 더위는 가신 듯 흔적도 없고 뱃전을 가볍게 다독거리는 파도소리가 가슴에 와 닿는다. 하늘에서 수많은 별무리가 쏘목쏘목 내려온다. 손으로 집어낼 것만 같다.

언제 잠이 들었는지, 잠결에 이상한 소리가 자욱하다. 눈을 떴다. 여기가 어딘지 의아스럽다. 방도 아니고 들판도 아닌데, 웬 개구리소린가. 하늘을 둘러보니 은하수는 서쪽으로 기울었는데 당사 같은 달빛은 은은히 천지를 어루고 있다. 번쩍번쩍 이는 시거리와 달빛은 내장을 열어놓고 서로를 희롱하고 있다.

'고고고 고고고' 사방에서 들려오는 저 소리는 무슨 소리인가. 개구리 소리가 분명하다. 옆에서 주무시는 분을 깨웠다. "저게 무슨 소립니까?"하고 물었더니 "그것도 몰랐나. 조기 우는 소리 아이가?" 하면서 그대로 깊은 잠에 빠진다.

과연 조기들이 배를 위로 하고 여기저기서 울고 있는 것이 아닌가. 달빛은 쏟아지는데 조기는 울고, 그 밤을 조기가 되어 함께 울었다.

먼동이 트는 밤바다를 상상해 보라. 거기에는 꿈틀거리는 생명의 용트림이 있다. 그것은 영원한 자연의 숨결이다. 오늘도 그림을 바라본다. 화폭에서 흘러나오는 자욱한 개구리 소리를 들으며 그 여름밤의 풍경을 그려 본다.

텃밭을 갈고 품질 좋은 종자를

우수가 지나니 경칩이 바짝 다가섰다. 경칩이 되면 동면하던 모든 생물들이 꿈틀거리기 시작한다. 새로운 생명의 준동이다. 그 추운 겨울을 나고 봄을 맞이하기 위함이다. 이처럼 자연은 계절의 순환에 의해 새로운 세계를 여는 것이다.

상아탑에도 봄바람이 불고 있다. 신학기가 시작된 것이다. 신학기만 되면 새로운 힘이 솟아오르던 지난날이 떠오른다. 나는 생애를 교단에서 보냈다. 재직 시에 좀 더 청년들과 가까이 하지 못한 아쉬움이 크다. 지난 학기에는 학부의 마지막 수업을 했다.

첫 시간이었다. 책상은 누워 있고 일회용 컵과 휴지가 흩어져 있었다. 나는 그냥 책상을 바로 하였다. 휴지도 주웠다. 그런데 너도 나도 일어서서 순식간에 말끔히 정리정돈이 되었다. 두 번째 시간이 되었다. 책상은 정돈이 되어 있고 컵이나 휴지도 눈에 띄지 않았다.

그들에게는 꿈이 있고 밝은 지성이 있으며 가슴을 불태울 수 있는 정의로운 정열이 있다. 우리는 자신을 사는 과정이 얼마나 귀중한 것인가를 돌아보아야 될 것 같다.

폴란드의 등산가 쿠르티카는 가셔브룸 정상을 50, 60미터 남겨두고 등정을 포기하였다. 그런데 세계 산악계에서는 그의 등반을 높이 평가하였다. 이는 가장 오르기 어려운 서벽 루트를 통과하였기 때문이다. 우리는 언제나 어떤 과정을 걷고 있다. 수단과 방법을 가리지 않고 정상에만 오르면 된다는 생각은 하나의 허구가 아닌가 싶다.

신학기가 되면 대학가에는 각종 문화행사가 이루어진다. 특히 많은 동아리 모임에는 새내기를 환영하는 반가움과 단합을 위한 자리를 마련한다. 여기에는 필히 술도 일석을 차지하게 된다. 이러한 술의 역할은 도구성에 지나지 않는다. 술은 귀한 것이다. 귀한 만큼 위험한 존재이다. 그러한 술을 함부로 대하면 크게 노하게 된다.

그러므로 술은 언제나 마음과 마음을 이어주는 촉매 역할을 할 따름이다. 다시 말하면 술 자체에 뜻이 있는 것이 아니라 마신 뒤의 흥에 뜻이 있는 것이다. 반가움과 즐거움을 통해 새롭고 밝은 세계를 열어가는 데에 일조를 한다고 생각된다.

바야흐로 봄은 정녕 눈앞에 서 있다. 이제 텃밭을 갈고 품질 좋은 종자를 심을 차비를 하여야 한다. 그리고 푸른 하늘과 강물과 흙을 향해 가슴을 크게 펴고 힘껏 날아보고 싶다.

말의 꽃밭

일본학생들의 19일 간의 한국어 어학 실습은 의미 있는 여행이라 생각한다. 참가 학생 대부분이 외국 나들이가 처음이라 새로운 세계를 여는 좋은 경험이 됨과 동시에 개개인이 나름대로 커다란 성과를 거둔 것으로 알고 있다.

더구나 외국어를 공부하면서 그 나라를 방문한다는 것은 말을 바르게 습득하는 지름길이 되기 때문이다.

말은 피와 같은 것이다. 그러므로 말은 한 민족의 혼이며 생명이며 역사이다. 또한 글은 그 민족의 문화의 뿌리라 할 것이다. 때문에 말과 글이 없는 민족은 야만이다.

한글은 세계의 많은 문자 중에서도 가장 과학적인 문자로 알려져 있다. 한글을 바르게 이해하고 언어를 습득한다는 것은 바로 그 나라의 문화와의 만남이 된다.

한국과 일본은 오랫동안 정치 경제 문화에 있어 밀접한 관계를 맺고 오늘까지 걸어 왔다. 이것은 지정학적인 측면만으로 보아도 오랜 세월 가깝고도 먼 이웃으로 역사의 산맥을 넘어 왔다고 하겠다. 거기에는 쓰라린 상처가 남아 있다.

이제 내일을 열어갈 젊은 세대는 그러한 상흔을 거울삼아 따뜻한 이웃사촌으로 다정한 손을 내밀어야 할 것으로 생각된다.

오늘도 한국은 남북이 분단된 채 통일의 그날을 위해 많은 시련을 짊어진 채 무거운 걸음을 걷고 있는 실정이다. 그렇지만 언젠가는 통일된 한국을 방문할 때가 반드시 올 것을 믿는 바이다.

'조모이'와 '어부바'

아이는 금싸라기를 뿌려놓은 듯 빤짝이는 밤하늘을 바라본다. 금방이라도 쏟아져 내릴 것만 같다. 눈을 문지르고 보아도 신기하기만 하다. 갑자기 무서움이 온몸을 적신다.

"조모이, 저기 저게 다 뭣꼬."

고사리 손가락으로 밤하늘을 가리킨다. 수많은 별무리가 쏘목쏘목 일고 있다.

"안있나아, 저기 저것은 하늘나라를 밝히는 등불이란다."

아무리 생각해도 알 수가 없다. 월컥 슬픔이 솟는다. 우두둑 지나가는 바람에 수숫잎이 흔들린다. 별빛은 더욱 빤짝이며 옷섶으로 쏟아져 내린다. 그만 '으앙' 하고 울음이 터진다. 조모이는 깜짝 놀라,

"아가아 어부바"

조모이는 따뜻한 등을 대고 아이를 업는다. 둥개둥개 등을 추스르며, 이슬이 촉촉한 밭둑길을 걷는다.

윗글의 '조모이'와 '어부바'는 경남 특히 통영 지방에서 흔히 쓰이는 토속어이다. 조모이의 어원은 조모님이다. 오랜 세월이 지나는 동안 순수한 우리말로 전이된 낱말이다. 그리고 어부바는 '등에 업혀다오'라는 뜻이다. 어릴 때 "조모이"하고 부르면 "오오냐"하면서 정다운 손을 내밀면서 맞이하는 따뜻함이 엉긴 그리운 말이다. '어부바' 역시 손자를 업는 조모이와 아들을 업는 어머니의 넓은 등은 그대로 잔잔한 사랑이 싹트는 공간이다.

눈을 감으면 조모이와 어머니가 다가와 어부바 하면서 등을 내미는 뒷모습이 지금도 생생하게 떠오른다.

길은 빛을 따라 가는데

인류사는 농경사회로부터 시작하여 산업화사회를 거쳐 정보화 사회로 치닫고 있다. 이러한 발전은 인간 생활을 편하게 하였지만, 그만큼 불안하고 왜소하게 만들고 있다고 하겠다.

이러한 현상은 너와 나를 차단하고, 인간과 자연이 연속되지 못하는 불연속의 시대를 만들고 말았다. 우리는 너와 나를 가로 막고 있는 막힘의 벽을 허물어야 한다. 그리하여 서로의 생각을 소통함으로써 이해가 되고 새로운 발전을 시도할 수 있을 것이다. 그러기 위해서는 무엇보다 말이라는 수단이 필요한 것이다. 이런 말의 생리와 가치, 그리고 말의 힘과 이에 수반된 정신문화에 대해 간략하게 살펴본다.

요한복음 제1장 첫머리에 "태초에 말씀이 있었다"라고, 기록하고 있다. 그리고 논어論語 맨 마지막에 "군자가 세상에 처함에 있어 꼭 알아야 할 것이 셋 있으니, 명命을 알고, 예禮를 알고, 말을 알음이라"하였다. 다시 말하면 명을 알지 못하면 군자가 될 수 없다不知命이면 無以爲

君子也요. 즉, 사람에게는 운명이 있으니 최선을 다한 후에 운명에 맡기는 수밖에 없다는 것이고, 예는 행위의 표본이니 이를 알지 못하면 자립할 수가 없다不知禮이면 無以立也요. 그리고 말을 알지 못하면 사람을 알 수가 없다不知言이면 無以知人也니라. 말은 인격의 반영이니, 선악정사가 말에 의하여 판명되고 시비선악을 분별할 수 있다는 뜻이다.

이처럼 동양과 서양의 고전인 성서와 논어에 첫 문장과 끝 문장이 말을 중요시하고 있다는 것에 관심을 가질 수 있다. 사람을 사람답게 하는 근본적인 요소가 말이기 때문이다. 동물은 표정과 동작은 있지만 말은 없다. 원숭이가 60여 개의 단어를 사용하고 있다고는 하지만 정신 활동을 할 수 없으므로 말이 아니다.

진정 말은 신이 인간에게 부여한 위대한 선물이다. 말이 없는 인간 사회는 영원한 암흑의 연속일 것이다. 언젠가 농아학교와 혜성학교, 그리고 맹아학교를 방문한 적이 있다. 이들은 듣지 못하고 보지 못하고 몸을 제대로 쓸 수 없는 학생들이 최선을 다해 삶을 익히는 학교이다. 자신이 불구라는 현실을 넘어서서 생활을 다듬어가는 것을 보았다. 진정 말을 할 수 있는 건강을 가졌다는 행복을 깨달은 바가 있다.

미국의 여류 사상가인 헬렌 켈러의 맹 · 농 · 아의 고통을 극복한 이야기는 우리를 감동하게 한다. 켈러는 "보지 못하는 고통과 듣지 못하는 고통보다 말하지 못하는 고통이 더 컸다"고 하였다. 그리고 우리 조상들은 사람이 갖추어야 할 자질을 다섯 가지를 분류하였다. 즉 마음씨 말씨 글씨 솜씨 맵시가 그것이다. 이 가운데 말씨를 가장 중요시 한 것을 보면 말과 생활과의 관계가 얼마나 절대적인 것인가를 일깨워 주고 있다. 이는 우리 속담에서도 찾아 볼 수 있다.

· 힘 센 아들보다 말 잘하는 아들을 낳아라.
· 말만 잘하면 천 냥 빚도 갚는다.
· 말은 해야 맛이 있고, 고기는 씹어야 맛이 난다.
· 말 많은 집은 장맛도 쓰다.
· 말이 많으면 쓸 말이 적다.

이와 같은 속담은 모두가 말의 중요성을 강조하고 있다. 그러니 참된 말이어야 말로서의 인격이 있다. 참말이 진짜 말인 것이다. 말에는 죽은 말과 산 말이 있다고 한다. 남의 환심을 사기 위하여 아첨하는 말을 교언巧言이라 하고, 구미에 맞게 꾸며대는 말을 영색令色이라 한다. 여기에는 진실성이 없다. 감언이설이나 횡설수설도 마찬가지다. 아무리 많은 말을 늘어놓아도 진실이 결여되어 있으면 죽은 말이 되고 만다. 그러므로 진실한 말은 간결하고, 참말은 가식이 없는 법이다.

우리 선인들은 혀舌를 화복지문禍福之問이라고 하였다. 화도 복도 세치 혀로 시작된다는 것이다. 우리는 말을 아껴야 한다. 참말은 우리의 마음을 움직이는 힘을 가지고 있다. 이것이 바로 말의 힘인 것이다.

말 속에는 위대한 진리가 내장되어 있다. 지혜와 신념, 그리고 사랑도 말로부터 이루어지는 것이다.

르네상스의 빛이라 할 수 있는 단테의 위대한 걸작 《신생》과 《신곡》도 진선미를 겸비한 사랑의 능력으로 이루어진 것이다. 사랑이라는 말 자체가 죽음에 대한 거부의 자세를 말한다. 방황하는 인간 영혼의 구제가 신곡의 주제이다.

현대인은 방황하고 있다. 물질문명과 기계문명의 와중에서 사람들은 기계와 같이 살고 있다. 로봇화된 인간은 이미 인간성을 상실한 것이다. 우리는 잃어버린 인간성을 어디에서 구할 것인가. 이것은 어디까지나 자연과 인간과의 화해에서 찾아야 한다.

나는 20대에 미군부대에 근무한 적이 있다. 그때 제임스라는 흑인 병사와 가까이 지냈다. 시카고 대학 2년 때 지원 입대를 하여 일본을 거쳐 한국으로 파견된 지가 일주일 쯤 된 때 그를 알게 되었다.

어느 토요일 오후 외출을 하였다. 제임스는 몇 번 한국 술을 마시고 싶다고 졸랐다. 인천 송도의 한적한 주막을 찾았다. 때마침 가을의 쾌청한 하늘을 바라보며 술을 청하였다. 탁주 한 되와 부침개와 된장 오이 고추에서는 가을 냄새가 물씬했다.

반 되짜리 하얀 사기잔이 들어왔다. 술을 따랐다. 철철 쏟아지는 탁주의 향기가 가을 햇살로 빛났다. 제임스는 호수 같은 술을 내려다보더니 나의 눈치만 살피고 있었다.

나는 반 되짜리 술잔을 두 손으로 조용히 받쳐 들고 단숨에 마셨다. 손등으로 입가를 훔치고 잘생긴 고추 하나를 집었다. 그리고 된장을 듬뿍 묻혀 와삭와삭 씹었다. 가을 맛이다.

그런 나를 우두커니 바라보고 있던 제임스는 하얀 잔을 두 손으로 받쳐 들고 마시기 시작했다. 꼭 나의 동작대로 쭉 마셨다. 검은 사람이 흰 술잔에 철철 넘치는 흰 술을 마시는 모습에서 번쩍 빛나는 이미지를 보았다. 다음 동작도 나와 같이 고추 한 개를 골라 된장을 듬뿍 찍어 바싹 씹었다. 그러더니 그만 동작이 딱 멈췄다.

하필이면 약이 오를 대로 오른 고추를 택했으니 그럴 수밖에. 그러더니 그 검은 얼굴에서 땀이 줄줄 흘러내렸다. 일분쯤 지났을까. 그 매운 고추를 그대로 와싹와싹 씹는 것이 아닌가.

아, 그렇구나. 얼른 술 한 되를 더 시켰다. 그리하여 석 잔씩을 마셨다. 탁주 한 되 반을 마신 셈이다. 제임스는 어리둥절할 뿐이다. 한국 사람들은 3이라는 숫자를 좋아한다. 술도 석 잔을 해야 대좌를 할 수 있고, 형제도 삼형제, 싸움도 세 번쯤 해야 친해지고, 시합을 해도 세 번을 해야 공평하고…. 시간이 지나니 제임스의 얼굴은 상기되기 시작했다. 탁주의 위력이 나타난 것이다. 말이 빨라지고 행동의 자제력이 없어졌다. 그가 독백처럼 늘어놓은 말은 이러하다.

"너도 유색인종이다. 너의 피는 노랑 피가 아니다. 그리고 백인의 피도 흰 피가 아니다. 나의 피도 검은 피가 아니다."

제임스라는 흑인 병사의 이야기가 지금도 뇌리에 떠 있다. 이 또한 말의 힘이다. 흑인 청년의 고뇌와 우정과 대화 속에서 그의 참모습을 찾을 수 있었다.

우리는 스스로가 자신을 올바르게 인식할 때 바른 행동이 따르는 것이다. 주위를 살펴보면 많은 사람들이 너무 욕심을 부리고 바쁘게 서두르고 있다. 많은 것을 일시에 얻으려 하고 있다. 때문에 자신을 잃어버리고 정도에서 어긋나는 경우가 허다하다.

쉼 없는 노력과 성찰로 자신을 이끌어 갈 때 비로소 새로운 정신을 만나게 될 것이다. 우리는 제2의 탄생을 이루어야 한다. 사도 바울은 낡은 사람Vetus homo과 새 사람Novus homo이란 말을 했다. 우리는 낡은 사람에서 새 사람이 되는 제2의 탄생의 고뇌를 겪고 있는 것이다.

앞에서 언급한 바와 같이 말의 힘은 위대한 것이다. 말을 통하여 서로를 이해하고 자신을 밝혀야 한다. 그러기 위해서는 우선 남의 이야기를 경청하는 정신이 필요하다. 한자의 들을 문聞자와 들을 청聽자는 그 뜻이 다르다. 들을 문자는 들리는 것이고, 들을 청자는 정성을 다해 듣는 것을 말한다.

결국 말하고 듣는 것은 우리의 생각을 바르게 소통하는 길이 될 것이다. 이러한 의미에서 건전한 언어생활은 자신을 지키고 일깨우고 성장시켜 나갈 것이다. 이것이 바로 건강한 정신문화를 일구는 길이며 빛이 될 것이라 생각된다.

참과 거짓

세상이 어수선하고 생활이 안정을 잃으면 참이라는 정신은 슬그머니 뒤로 물러서고 눈가림식 거짓이 판을 치게 된다. 하지만 우리가 진정으로 바라는 꿈은 '성실한 사람이 잘 사는 사회'를 이루는 데 있다.

그런데 언제부터인가 이러한 정신은 이상으로 끝나버리고, 현상은 너무나 다르게 변질되고 말았다. 성실만을 다하면 잘 살 수 있어야 한다. 하지만 그렇게 되지 않는 것이 오늘의 현실이다. 그렇다고 참의 정신을 외면할 수 있겠는가.

'참'은 거짓이 아니고 정正자의 뜻을 나타내는 단어다. 그리고 '참'을 접두사로 쓰면 정말, 과연의 의미로 표현된다. 예를 들면 '참생각 · 참생활 · 참말 · 참멋 · 참정신' 등과 같이 도덕성을 함축한 단어와 '참깨 · 참배 · 참나물 · 참두릅나무 · 참나리' 등과 같은 식물과 관련된 단어가 있는가 하면, '참붕어 · 참상어 · 참돔 · 참조기 · 참서대' 등과 같은 생선류가 있다. 그리고 '참새 · 참매 · 참비둘기'와 같은 날

짐승 등 다양하게 쓰이고 있다.

이처럼 접두사 '참'은 사이비가 아닌 진짜를 나타낸 말로 양심과 믿음을 함께 표상하는 도덕성을 전제로 한 말이라 생각된다.

'거짓'은 사실과 어긋남, 또는 사실이 아닌 것을 사실같이 꾸미는 말로서 접두사 '개'와 상통하는 단어다. 즉 '개'는 참 것이나 좋은 것이 아니라는 뜻이다. 경멸할 것이라는 뜻으로 명사 앞에 쓰인다. 예를 들면 '개꿈 · 개떡 · 개머루 · 개죽음 · 개차반 · 개꽃' 등 많은 보기를 찾아볼 수 있다. 이와 같이 거짓은 윤리나 도덕성을 뛰어넘어 순수가 아닌 것을 말할 때 일컬어지고 있다.

이러한 '참과 거짓'의 진위는 마음과 눈과 귀를 바로 뜬 사람이면 누구나 단숨에 알 수 있는 것이다. 허나 마음과 눈과 귀를 꼭 막고 있으면 아무것도 볼 수가 없다. 캄캄한 어둠만 있을 뿐이다. 이런 지경에 이르면 산목숨이라 할 수 없다.

옛말에 군자君子는 화和하되 동同하지 않고, 소인小人은 동同하되 화和하지 않는다고 하였다. 이 말은 사람이 남의 말을 따른다고 해서 줏대까지 잃어서는 안 되고, 무턱대고 타협은 하면서도 진심으로 협조하지 않는다는 뜻이다.

다시 말하면 전자는 꿋꿋한 자세로 진심으로 화합의 자세를 보인 것이니 참의 행위이고, 후자는 협조하는 척하면서도 진심이 없으니 거짓의 행위를 말한 것이다.

진정 우리는 참정신으로 살아야 한다. 무엇이든 참말하고 참말로 향하는 자세가 필요하다. '윗물이 맑아야 아랫물이 맑아진다' 는 속담이 허사가 되어서는 안 된다.

지금 우리는 어려움에 처해 있다. 그런데도 일부 높은 자리에 있는 양반들의 철없는 행동은 성실하게 살려고 노력하는 사람들을 실망하게 했다.

수많은 눈은 그런 철없는 사람들을 주시하고 있다는 것을 알아야 한다. 그렇게 부끄러운 짓을 하고도 얼굴을 들고 다니니 어이가 없다. 참과 거짓은 분명하다. 참말하고 참생활을 한다는 것은 어려운 일이다. 그런 어려움을 이겨냄으로써 맑고 건강한 삶을 이룰 수 있는 것이다. 거짓된 행동에 대한 부끄러움을 알고, 진정한 참의 정신을 되찾는 것이 급선무라 생각된다.

《아름다운 새벽》의 추억

1960년대를 거쳐 1970년대만 해도 보수동 헌책방 골목하면 부산의 명소로 알려져 왔다. 해가 질 무렵 보수동에 그늘이 길게 내리면 헌책 내음 은은한 골목에는 고향냄새가 났다.

그때만 해도 각처에서 수집된 헌책은 십중팔구 보수동 헌책 골목으로 집결되었다. 때문에 골목 안은 온통 책천지였다. 모두가 내 것인 양 가슴이 벅찼다.

어느 가을 이른 오후 책방 골목을 찾았다. 조용했다. 어디선가 책들만의 대화인지 수군거리는 소리가 아련했다. 여기 저기 기웃거리며 걷는 맛도 그만이었다. 한 곳에 이르니 이리저리 뒤섞인 책들이 과연 산더미를 방불하게 했다. 게다가 '한권 오십 원' 이라고 쓴 팻말까지 비스듬히 세워 놓았다.

다섯 권을 가렸다. 이백 원을 내밀며 계산을 하자고 했더니, 그렇게 하라고 했다. 미안한 생각이 들었다. 허지만 너무 기분이 좋았다. 다섯 권의 책 가운데 주요한의 시집 《아름다운 새벽》이 포함되어 있었기 때문이다. 더구나 그 당시에는 영인본도 구할 수 없었던 시절이기 때문에 원본을 대한다는 것은 거의 불가능했기에 더욱 그러하였다.

이 시집은 가로 11센티미터, 세로 15.5센티미터의 비단으로 장정되어 있었다. 비록 색깔은 다소 퇴색되어 있었지만 표제는 오른쪽에서 왼쪽으로 '詩集 《아름다운 새벽》(1917-1923) 朱耀翰 作, 朝鮮文壇社'로 금박으로 인쇄되어 있고, 발행년도는 대정 13년 12월 5일이니, 서기로는 1924년이 된다. 정가는 60전이고, 저작 겸 발행자는 방인근方仁根으로 되어 있었다.

내용 표제에는 〈니애기〉, 〈나무색이〉, 〈고향생각〉, 〈힘 있는 생명〉, 〈달빗헤피는 꽃〉, 〈상해풍경〉, 〈불노리〉, 〈책끗헤跋〉로 모두 66편의 시로 편집되어 있었다.

우리 문학사를 들추어 보면 최남선, 이광수를 중심으로 한 2인 문단시대를 거쳐 1920년대에 들어서면 김억, 주요한의 등장으로 현대시의 면모를 갖추게 된다. 더구나 3·1운동을 계기로 한 문화적 각성은 문학운동에도 획기적인 전환을 가져오게 했다.

특히 주요한은 백조 동인으로 활동하면서 민족주의적인 낭만시를 쓰면서, 1919년 《창조》지에 〈불노리〉를 발표함으로써 자유시의 효시로 불리기도 했다.

이러한 점을 보더라도 이 시집은 우리 시사에 있어 귀중한 자료라 판단된다. 더구나 주요한의 시 〈불노리〉는 물론 〈빗소리〉는 경쾌한 리듬과 음악성을 중시함으로써 1920년대에 볼 수 없는 시각을 통한 영상 수법의 시로 구체적이고도 선명한 이미지를 구사하고 있어 그 의미를 더하고 있다고 하겠다.

백자는 사람의 손으로 빚은 자연

초정草汀 김상옥金相沃 선생님은 나의 은사님이시다. 고등학교 1학년 국어시간이었다. 박종화 선생의 〈청자부〉를 공부하기 위해 교과서를 폈다. 그런데 선생님은 근엄한 표정으로 모두 책을 덮으라고 명령하셨다. 오늘은 〈백자부〉를 공부한다는 선언이다. 그리고는 교탁에 비스듬히 기대 "찬서리 눈보라에 절개 외려 푸르르고"로 시작하여 전편을 암송하시는 것이었다. 침을 튀기며 열강을 하셨다.

"이조백자는 사람의 손으로 빚은 자연이다. 그 모습은 위아래도 없이 떠오르는 달덩이같이 둥그스름하다. 보름달이기는 해도 환히 밝은 달이 아니라 우기雨氣를 머금은 채 어슴푸레 돋아오는 달이다. 산이며 수풀을 감싸 안아주는 한없이 너그럽고 몽롱한 달무리 같은 마음이 이조백자의 살결이다. 고려청자의 흐르는 듯 드리운 가냘픈 선에는 아름다운 눈물과 꿈겨운 슬픔이 있다. 하지만 이조백자는 그런 고독과 슬픔, 그리고 눈물을 말갛게 씻어내고 있다. 차라리 눈물도 슬픔도

호사스럽다. 슬픔에 겨워 슬픔을 잊어버리고, 눈물에 겨워 눈물마저 말라버린 것이 이조백자다"라고 열강을 하시는 선생님의 얼굴에는 시기詩氣가 이는 것 같았다.

우리는 숨조차 쉬지 못하고 강의에 취해 있었다. 강의는 계속되었다.

"백자는 희다. 그러나 그냥 백색은 아니다. 그것은 유백乳白이요, 순백純白이요, 담백淡白이다. 우로雨露에 씻기고, 풍진에 바랜 빛깔 — 이것이 정녕 이조백자의 빛깔이다. 인정과 체온이 얼룩져 있는 아득한 빛깔이다"라고 하시는 선생님의 눈에는 어느덧 눈물이 고여 있었다.

초정 선생님은 "이조백자는 담담한 생략이요 범연하면서도 고담枯淡하고, 질박하면서도 적막하다. 선미禪味와 운치는 동양 정신의 여백이다. 또한 백자는 아무리 고古해도 낡지 않고, 아무리 노老해도 헐지 않는 것, 불고不古와 장금長今은 이조백자만이 누릴 수 있는 시공을 초월한 아름다움이다"라고 예찬하셨다.

오늘도 선생님의 열강으로 끓어오르던 수업을 추억하면서 〈백자부〉를 다시 한 번 읊어본다.

찬 서리 눈보라에 절개 외려 푸르르고
바람에 절로 이는 소나무 굽은 가지
이제 막 백학白鶴 한 쌍이 앉아 깃을 접는다
드높은 부연 끝에 풍경소리 들리던 날

몹사리 기다리던 그린 임이 오셨을 제
꽃 아래 빚은 그 술을 여기 담아 오도다

갸우숙 바위틈에 불로초不老草 돋아나고
채운彩雲 비껴 날고 시냇물로 흐르는데
아직도 사슴 한 마리 숲을 뛰어 드노다

불속에 구워내도 얼음같이 하얀 살결
티 하나 내려와도 그대로 흠이 지다
흙 속에 잃은 그날은 이리 순박하도다
– 김상옥金相沃 시인 〈백자부白恣賦〉 전문

선생님의 목소리

편운片雲 선생님은 이승에 머무시는 동안 국내외 여행을 하신 시간이 얼마나 될까, 하고 생각을 해보았다. 아마 생애 자체를 여행으로 시작하여 여행으로 마치신 것이 아닌가 싶다.

경희의료원에 병문안을 갔을 때 손을 힘없이 잡으시며 "멀리서 왔어, 고마워." 하시던 목소리가 아직도 살아 있다.

제18시집의 표제시인 〈오산 인터체인지〉. '고향으로 가는 길' 이라는 부제가 붙은 이 시의 '허허 들판 / 작별을 하면/ 말도 무용해진다 / 어느새 이 곳 / 자, 그럼 / 넌 남으로 천리 / 난 동으로 사십 리' 에는 삶과 죽음이라는 갈림길이 상징적으로 나타나 있다고 생각된다. 바로 이 길이 먼 여행길을 돌아 고향으로 돌아가는 길이 아닌가 싶다.

1986년 7월 28일 제9차 세계시인대회가 이탈리아 플로렌스에서 개최되었다. 선생님께서 앞장서서 참석하고, 일행들과 함께 유럽 여러 나라를 순방했다. 그때 선생님은 보기에도 무거운 손가방을 들고 계셨다. 마음이 무거워 "제가 들면 어떻겠습니까?" 했지만 "자신의 짐은 자신이 드는 거야" 하시면서 사양하셨다.

여행 이듬해 시집 《길은 나를 부르며》(청하, 1987)를 상재하셨다. 이 시집에는 여러 시인들을 제재로 하여 그림과 함께 시를 게재하셨다.

그 가운데 〈차한수 시인〉이라는 제하의 시에서 선생님은 "깊은 바다처럼 / 그는 내부에서 울린다 // 강한 의지가 숨어서 숨어서 / 바다가 금모래처럼 반짝인다 (1986. 6. 27. 로마에서)"라고 쓰셨다. 깊은 바다처럼 울리고, 강한 의지로 살아가라는 당부의 손을 잡아주시는 정을 아끼지 않으셨다.

그 후에도 여러 차례 국내외 여행을 함께 했다. 특히 1996년 1월 일본 가고시마 공항에서 일행과 만나 즐겁게 여행한 기억이 난다. 그때 3박 4일 동안 선생님과 같은 방을 썼다. 언제나 깔끔하시고 시간을 귀하게 여기시는 습관은 예나 다름이 없으셨다.

여행 마지막 날 아침이었다. "차 교수 이거 기념이야." 하시면서 스케치 한 장을 내미셨다. 이케다 호수의 풍경이 아름다웠다. '차 교수에게 – Hotel Hayasida, 823에서. Kirisima. 동숙 기념. 1996. 1. 29. 조병화' 라 사인이 되어 있었다.

후코카 공항에서 일행을 전송할 때 선생님께서는 손을 높이 들고 웃음을 보내셨다.

지금도 선생님께서 하신 말씀과 기념품들을 소중하게 간직하고 언제나 선생님의 정신을 가슴에 느끼면서 오늘을 살아가고 있다. 만날 때마다 "반가워." 하시는 목소리가 귀에 쟁쟁 들려온다.

초승달은 신비로운 미소로

조창환 시인을 대하면 내 고향 마을 동구 밖에 정정하게 서 있는 거대한 느티나무가 생각난다. 조창환 시인은 언제나 의연한 자세로 학문과 문학의 정도를 걸어왔기 때문일 것이다.

얼마 전 간행한 시선집《신의 날》의 '시인의 말' 에서 시인은 '또 하나의 망연한 갈림길에 서 있는 느낌이다. 갑년을 맞아 시선집을 엮으면서 나는 내 안에 있는 유령이 긴장하는 것을 느낀다' 고 적고 있다. '망연한 갈림길' 에 서서 자신을 확인하면서 긴장을 풀지 않는 자세로 새로움을 추구하는 정신은 언제나 생기가 있다.

신선한 패기가 넘치는가 하면, 겸손하면서도 굳은 신념을 굽히지 않는 강인한 정신은 주위를 긴장시키기도 한다. 그런 가운데 얼마 동안 건강 문제가 있었지만, 그 때마다 신앙과 강인한 의지로 이를 극복한 것으로 안다. 그리하여 가정과 학문, 그리고 문학의 길을 탄탄하게 다져온 빛나는 성과는 필연적인 귀결이라 생각한다.

조창환 시인과는 자주 만날 기회가 없었지만 언제 어디서나 친절하고 꾸밈없는 자세가 신뢰와 우정을 느끼게 했다.

어느 해였던가. 아시아시인대회에 참석하고 이형기 시인과 함께 동석을 하게 되었다. 좁은 골목길에 자리한 소박하고 따뜻한 맥주집이라 기억된다. 세 사람은 어깨를 나란히 자리를 잡았다. 그 날은 다 같이 작은 사양도 하지 않고 하나가 되었다.

이형기 시인의 호방하면서도 날카롭고 예리한 호기는 좌석을 주도하고 있었다. 하지만, 조 시인의 은은한 미소와 신중한 대화는 술맛과 더불어 말맛을 진하게 했다.

더구나 이형기 시인은 부산에 있을 때 필자하고는 바둑도 두고 술도 가까이 하면서 친근하게 지낸 터라, 그날의 만남은 어느 때보다 반가웠을 뿐만 아니라 조 시인과 자리를 같이 하였으니 더욱 시흥이 나는 모양이었다.

이형기 시인의 장광설은 끝이 없었다. 그는 "인간은 한 번밖에 죽지 않는다. 삶의 일회성은 너무나 당연한 귀결이다. 그러나 "시인은 열 번은 죽고, 백 번도 죽는다"고 했다.

"시인은 자신의 죽음조차도 허구화할 수 있는 인간"이라면서 "그들은 죽은 적이 없다. 다만 거짓으로 죽은 척했을 뿐이다. 그러므로 시인의 사망 기사에 속지 말아라. 이미 죽었는데도 불구하고 과거의 의미 있는 시인들은 모두 그대의 은밀한 시간 속에 살아 있지 않나" 하면서도 "모든 존재는 필경 티끌로 돌아간다. 이 사실을 자각하고 있는 존재가 인간이다. 그리고 이 사실을 영광스럽게 노래하는 존재 역시 시인"이라고 말했다.

자신의 죽음을 예언이나 하는듯한 이형기 시인의 상기된 얼굴과 순수한 눈빛에 숙연할 수밖에 없었다.

그러한 이 시인의 얘기에 뒤이어 조 시인이 따뜻한 미소로 자신의 시에 대한 신중한 소망을 거침없이 펼쳤다.

"나는 안정된 절제의 아름다움에 대한 관심을 가지고 있었다는 것을 전제로, 비갠 날의 산정처럼 맑고 선명한 시, 투명한 언어와 정결한 이미지로 단순하면서도 절제된 삶의 호흡을 드러낸 시를 빚고 싶다"는 이야기와 함께 "풍경이 영혼이 되는 언어, 언어가 풍경이 되는 혼의 고백을 보여주고 싶다"고 하였다.

또한 "너무 예쁘기만 하지 않은 시, 울음이나 눈물에 관해 말하지 않으면서도 가슴 서늘한 아름다움이 깃든 시를 쓰고 싶다"고 해서 달리 표현할 말이 있을 수 없었다.

맥주병은 일렬로 서서 달려오고, 거나하게 취기가 오른 이형기 시인의 이야기는 계속되었다.

"나에게는 허무주의적인 성향이 있다. 나이가 들수록 강화되어 가는 그러한 성향은 물론 내 시를 지탱하는 중요한 지주의 하나가 되어 있다. 그 허무주의가 서 있는 기반은 일체의 가치를 부정하는 정신이다. 그러나 부정은 부정 자체로만 그치지 않는다. 부정하기 때문에 새로운 그 무엇을 찾을 수 있는 가능성의 지평이 열리는 것이다. 그러므로 나의 허무주의는 나로 하여금 새로운 시를 탐구하게 하는 힘의 원천이라 할 수 있다"는 것이다.

"'시인은 시를 쓰는 사람이 아니라 찾는 사람이다'라고 생각한다. 기존의 시를 부정하고 언제나 새로운 시를 찾는 사람이 내가 생각하는 바 참다운 시인"이라는 뜻을 거듭 강조하였다. 그러면서 "나의 시는 하나의 도달점이자 동시에 떠나야 할 출발점이라는 이중의 의미를 갖는다"는 것이다.

"마지막으로 한줌 흙이 뿌려진다. 그리고 만사는 끝나버린다"는 파스칼의 말을 인용하면서 "허무를 바탕으로 내가 새로운 시를 찾는다는 것은 허무 그것이 또한 나를 어떤 구속으로부터도 자유로울 수 있게 해준다. 끊임없이 시를 찾는 것은 내가 자유로운 인간이고자 하는 몸부림에 다름 아닌 것"이라고 했다.

어둠이 기어드는 골목길은 우리들의 시흥에 취해 일렁거리고 있었다. 결국 인간의 삶에는 상실만이 확실할 뿐 소유는 아무것도 없다는 말에 수긍할 수밖에 없었다.

서쪽 하늘에 걸린 초승달은 신비로운 미소로 우리들을 축복이나 하듯 내려다보고 있었다. 신이 사람을 부러워할 만큼 가슴을 열어놓고 대화를 나눈 그 날의 만남은 어느덧 잊을 수 없는 소중한 추억이 되고 말았다. 이미 고인이 된 이형기 시인의 이야기대로 허무는 언제나 새로운 세계를 여는 통로가 아닌가 싶다.

조창환 시인의 첫 시집에 수록된 〈장미〉를 만나보고 싶다.

타오르는 것은 빛이 아니다

가시가 이루는 파도

살이 던지는 이슬

그때 알몸의 부끄러움이

쨍쨍한 대낮을 무너뜨린다

그 창틈으로 한 아침이 떨며 서고

그 호수 위에 한 핏방울이 깨뜨려진다

– 〈장미〉 전문

참나무의 명상

인왕산 산토끼

1956년 3월이었던가 싶다. 전차를 탔다. 털컥털컥 효자동 종점에서 내렸다. 경복고등학교로 가는 골목을 들어서면 궁정동이다. 공무원 관사가 있는 동네다. 이층집이다. 네 사람이 함께 하숙을 하게 되었다. 이 집은 전문 하숙집이 아니고, 공무원의 박봉을 안주인의 노력으로 충당하기 위한 방편이었던 것 같다.

네 사람 가운데 J씨는 진주가 고향이라는 공무원의 친동생이라 했다. S상대 3학년으로 준수하게 생긴 멋이 있는 청년이었다. 말수가 적고 어쩌다 눈이라도 마주치면 눈웃음이 따뜻했다. 특히 기억에 남는 것은 바둑이 12급인데 대회에 나갈 때마다 금잔을 비롯하여 많은 상품을 가지고 와서 싱긋 웃는 품이 눈에 선언하다. 회사원 H씨는 무슨 회사인지는 기억이 나지 않지만 퇴근이 정확했다. 그도 그럴 것이 하숙집 저녁식사는 시간이 정해져 있었기 때문에 늦으면 어쩔 수 없이 단식을 할 수밖에 없었다. 어려운 시대라 하숙집 밥상은 너무나 빈약

했다. 물을 덤으로 마시고 잠을 자는 것이 취미인 듯했다.

까까머리 1학년인 나는 촌닭처럼 서울생활이 어색하기만 했다. 이래저래 달포가 지나고 주위에 다소 익숙하게 되었다. 경무대 뒤로 우뚝 솟은 산을 보았다. 북악산이다. 참 잘도 생겼다고 생각했다. 달려가고 싶지만 지리에 어두울 뿐 아니라 경무대 근처에는 얼씬도 못하던 시절이니 멀리서 바라보기만 했다.

그런데 서북쪽으로 솟은 산을 발견했다. 부드러운 어깨로 북악을 부르고 있는 것 같았다. 해발 388미터의 인왕산이다. 화강암으로 이루어진 이 산은 서울 분지를 둘러싸고 있는 북악산, 낙타산, 남산 등의 여러 산과 함께 자연 방벽을 이루고 있다는 것을 알았다.

어느 일요일, 인왕산으로 가자, 마음먹고 하숙집을 나섰다. 관사촌 골목을 나서 산만 보고 요리조리 길을 찾아 산 어귀에 닿았다. 산길이 보였다. 봄이 한창인지라 막 터지는 싹들이 싱그럽다. 고개를 들었다. 햇볕이 맞아 준다. 내 쪼족쪼족한 머리칼 같은 싹들이 웃는다. 산으로 들어섰다. 잔솔밭이다. 마사로 된 흙이 매끄럽다.

조심조심 걸었다. 군데군데 하얀 화강암 바위가 버티고 있다. 우람하다. 멀리서 바라볼 때는 그냥 그렇게 느껴졌는데 산 속에 들어오니 분간을 할 수가 없다. 마사흙이기 때문에 정확한 길이 있는 것도 아니다. 길처럼 보였을 뿐이다.

그저 올랐다. 솔밭에 앉으니 북악산이 코앞으로 바짝 다가온다. 남으로 펼쳐진 서울의 풍경에 가슴이 뿌듯했다. 경복궁이 내려다보이고, 중앙청이 하얗게 앉아 있다. 남산이 다가올 듯하다.

혼이 나간 듯 바라보고 있었다. 후다닥 지나가는 그림자에 깜짝 놀랐다. 가슴이 서늘해진다. 산토끼 꼬리가 솔밭으로 얼른 지워진다. 야, 산토끼였구나. 또 놀랐다. 다시 걸었다. 산모롱이로 돌아가니 낮은 계곡이다. 아담한 암자가 웅크리고 있다. 다가갔다. 암자 앞 바위로 된 웅덩이에 석간수가 졸졸 고이고 있다. 갈증이 나던 차에 바가지로 들이켰다. 시원했다.

정신을 차리고 둘러보아도 인적이 없다. 토끼가 지나갈 때처럼 조용했다. 암자 앞 넓은 반석이 보였다. 앉았다. 그저 앉아 있었다. 무심코 바위 아래쪽을 내려다보았다. 잔솔 사이로 토끼 가족이 귀를 종긋거리며 모여 있었다. 인왕산이 토끼의 집이구나 생각했다.

암자는 규모는 작지만 꽤나 유서가 있어 보인다. 처마는 낮고 마루는 닳을 대로 닳아 파인 홈에는 지나간 시간들이 고여 있었다. 무심하게 섰다가 다시 산을 올랐다.

능선이다. 앞뒤로 탁 트인 하늘을 보고 또 놀랐다. 앞쪽은 서울이 아득히 늘어섰고, 뒤쪽은 지평선을 업고 있는 들판이 꿈속 같다. 고개를 숙였다. 능선을 따라 무릎 높이의 옛 성이 늘어지게 낮잠을 자고 있었다. 군데군데 허물어진 부분은 있었지만, 대체로 원형이 그대로 보존되어 있었다. 돌이끼를 입은 성축 돌은 역사의 숨소리 그대로 오늘에 이른 것이다. 다시 고개를 들었다. 펼쳐진 벌판에는 정맥처럼 늘어진 한강이 굽이굽이 누워 있으니 가슴이 미어질 것 같았다.

시간이 얼마나 흘렀는지, 깜짝 놀라 산을 내려왔다. 늦었다. 할 수 없이 단식을 할 수밖에 없었다.

그 후에 틈만 나면 인왕산을 찾았다. 인왕산의 새벽은 미끄럽다. 약수 바가지로 목을 축이고 반석에 앉으면 무엇이 되는 느낌이었다. 아침 산책을 나온 사람들이 반석이 모인다. 그런데 흰 운동복 차림의 키가 작은 분이 양쪽 허리에 물통을 찬 것이 너무 인상적이었다. 게다가 콧수염까지 하고 있으니 더욱 관심이 갔다.

뒤에 알고 보니 그 유명한 변영로 시인의 제씨 되는 변영태 선생이었다. 당시 그가 국무총리로 재직하고 있던 때인 것 같다. 그는 '산이 내 육신이다' 라고 큰 소리로 일러주는 느낌이었다.

인왕산에 봄이 한창이다. 온갖 꽃들이 만발이다. 산 어귀에 붉은 기와를 인 이층집이 아담했다. 이층 창문에 봄을 날리는 커튼이 너무 곱다. '나도 언젠가 저런 집에서 살아야지.' 생각했다.

돌아다보면 세상이 몇 번이나 바뀌었다. 석간수가 흐르고, 산토끼가 살던 곳에 스카이웨이가 달리고, 산성에는 산책로를 새로 단장했다. 참 편하게 되었다. 인왕산은 품속에 살던 산토끼가 떠난 아픔을 그대로 살면서 "자연을 자연이게 하라"고 한 워즈워드의 말을 생각하고 있을 것이다.

봄은 오는데

사람이 살아가면서 아무리 작은 일이라도 찾아보려는 노력은 자신의 맥박이 뛰고 있다는 사실을 일깨워 주는 행위라 생각된다. 여기에는 여러 가지 어려움과 망설임이 따르기 마련이다.

다시 말하면 '이것을 진정 해야 할 것인가. 자신의 능력으로 감당해 낼까. 그리고 이 일이 얼마나 보람 있는 일일까' 하는 문제가 앞을 가로 막는다.

사람이 한세상 사는 것이 애초부터 어려운 것이라는 사실을 문득문득 느끼기는 하지만, 정작 사는 것이 풀이나 물쯤 된다는 것이 얼마나 신비로운 일인가 하는 생각에까지 미치게 되면 무엇인가 알 것 같기도 하다.

그런데 풀이나 물쯤 되기에는 세상의 때가 너무 많이 묻어 손마디가 굵어지고 마음은 흐려져서 사는 것이 어두운 그림자로 가려지기 마련이다. 무거운 육신을 이끌고 살아온 흔적이 수많은 매듭으로 남아 있을 뿐이다. 가닥가닥 엉클어진 지난날을 돌아다보면 '잘 살아온 일' 보다 '잘못 살아온 일' 이 더 많으니 더욱 마음을 어둡게 한다.

하지만 '잘못 살아온 일' 에 대한 진정한 깨침은 삶에 있어 소중한 정신이 아니겠는가. 거기에는 맑은 마음과 빛나는 눈이 있고 따뜻한 손이 있는 것이다.

살아가면서 서로가 뜻이 통할 때에는 손을 꼭 잡고 그 눈을 바라보며 웃음을 나누게 되는 것이다. 그러므로 이해와 화합은 새로움을 위한 뜨거운 바람으로 우리를 감싸게 하여 준다.

이것이 바로 자연의 섭리와도 같은 것이다. 우리는 자연의 순리를 거역할 수 없다. 우리의 몸에 체온이 있듯이 대지의 몸속에는 지열이 있다. 이것이 바로 대지의 가슴이다. 그로 인해 풀들은 싹이 돋고 자라서 꽃이 피고 열매를 영글게 하는 것이다.

이처럼 우리 사람들도 소우주의 일원이 아닌가. 자연도 인간도 다 같이 따뜻함의 능력으로 새로운 생명을 창조하여 살아가는 것이다.

그러나 그것은 쉽게 얻어지는 것이 아니다. 옛말에 '남아입지출향관 학약불성사불환男兒立志出鄕關 學若不成死不還' 이라 했다. 배우기 위해서는 고향을 떠나 감당할 수 없는 아픈 시련을 예사로 알아왔던 것이다. 그럼에도 뜻을 이루지 못하면 죽어도 돌아오지 않겠다는 결의는 우리가 오늘을 살면서 견뎌내는 어려움과 다를 바가 없다.

이 같은 삶의 아픔과 고뇌의 진실을 노래한 시가 〈봄은 오는데〉이다.

한 세상 사는 것이
풀이나 흐르는 물쯤
된다는 것
조금은 알았지만
짚오라기 같은 목숨의 올이
그리도 질긴 줄은
몰랐습니다
흐느적거리는 육신의
찌꺼기를 버럭버럭
마시면서
걸어온 이야기가
타래로 감겨 있습니다
굵은 손마디에 엉클어진
매듭을 밟고
달려온 길을 돌아다보면
수많은 노래의 사연이
가닥가닥 흩어집니다
뒹구는 돌멩이야 어딘들
못 가랴마는
깨어진 발가락의 아픔이

꽃처럼 쌓였다가

이제, 녹산 앞바다의

가슴으로

서서히 허물어지고

있습니다

– 졸시 〈봄은 오는데〉 전문

봄은 지난 삼동의 시련을 억척같이 이겨내어 화사하고 맑은 눈빛으로 새 세상을 여는 것이다. 해마다 오는 봄이지만, 그때마다 내가 태어난 양지리의 봄빛이 꿈속처럼 떠오른다.

고향을 떠난 지가 어언 반세기가 다 되어도 그때 그 기억들은 아직도 그대로 살아 있다. 오늘도 참꽃이 만발한 고향의 꿈을 꾸었다. 꿈을 깨면 '짚오라기 같은 목숨의 올'과 '흐느적거리는 육신의 찌꺼기'며, '굵은 손마디에 엉클어진 매듭'하며, '깨어진 발가락의 아픔'이 골수를 때린다. 모든 사라져가는 것들의 허망함이 가슴을 아프게 하는 것이다.

지나온 길을 돌아본다. 과연 내가 진정으로 해야 할 일을 찾았던가. 내 얼마나 보람 있는 일을 이루었는지 망망하기만 하다.

빛과 길, 그리고 사랑

"너 왜 안 들르지?"

"…"

"마침 만났으니 같이 갈까? 앞장서라."

"예."

중학교 1학년 때이다. 이웃에 사시던 김삼엽 선생님께서 어쩌다 만나기만 하면 집으로 오라는 것이다. 우리 학교 선생님도 아니시고 초등학교 여선생님이시니 더욱 가기가 부끄러워 차일피일 늦어버렸던 차에 골목에서 마주쳤던 것이다.

나는 선생님 방으로 들어가면서 너무나 놀랐다. 사면 벽이 온통 책으로 가득 차 있었기 때문이다. 멍하니 앉아 있었다. 6 · 25 직후였으니 만사가 열악한 시절이다. 책 한 권을 제대로 사볼 형편이 아니었다. 그런데 이렇게 많은 책을 대하니 그저 놀라울 뿐이었다. 찐 고구마를 권했다. 아무런 드릴 말씀이 없었다.

"요즈음 학교는 어때?"

"…"

"그래애!"

"저 가볼랍니다."

안으로 기어드는 목소리로 겨우 한 말이다.

"너, 그럼 이 책 읽어 보아라."

서가에서 낡고 두툼한 책 한 권을 꺼내 주셨다. 책을 받아들고 부산하게 나왔다. 그제야 숨을 쉴 것 같았다. 저녁때에야 겨우 책 생각이 났다. 읽어내려 갔다.

신기하였다. 농촌을 무대로 등장하는 인물과 사건, 그리고 소박하게 묘사한 강변의 밤 풍경은 텅 빈 가슴에 한 줄기 빛이 되었다.

밤을 새워 읽었다. 읽으면서 한없이 울었다. 특히 김동혁의 농촌 계몽을 위한 헌신적인 노력이며, 채영신의 희생정신, 그리고 그들의 사랑, 절망, 죽음을 보고 밤새도록 눈물을 흘렸다. 이것이 처음 읽은 소설, 심훈의《상록수》였다.

다음 날 책을 갖다 드렸다. 선생님은 의아스런 눈으로 날 내려다 보셨다.

"다 읽었어?"

씩 웃었다.

"그래, 이 책도 읽어 보아라." 하셨다.

또 읽었다. 《먼동이 틀 때》, 《불사조》, 《영원의 미소》, 《직녀성》 등을 계기로 여러 가지 소설을 계속 읽기 시작했다.

중학교 2학년이 되었다. 그때 만난 선생님이 2학년 국어를 담당하신 변지섭 선생님이시다. 어려운 시절이었지만 나는 계속 책만 읽었다. 손에 걸리는 책이면 모두 읽었다.

국어 시간이었다. 《부활》을 읽고 있었다. 선생님께서 가까이 오신 것도 모르고 계속 읽었다. 수업이 끝나고 교무실로 불려갔다. 간이 콩알만 해 선생님 앞에 섰다. 한참이나 말씀이 없으셨다.

"자네, 그 책 다 읽고 독후감을 써 오겠니? 그럼, 가도 좋아."

그 이후부터 선생님의 그림자만 보아도 정신이 들 정도였다. 한 번은 선생님께서 장가를 든다고 하셨다. 이틀이 지났다. 국어 시간이었다. 무슨 원고를 꺼내시더니 〈첫날밤〉 이라는 수필을 낭독하셨다. 지금 그 내용은 기억이 나지 않지만 선생님께서 직접 쓴 글을 경청하였다는 것에 마음이 둥둥 떠오르는 것 같았다.

휴일이 되면 늘 날 끌고 다니셨다. 산이나 들판, 어떤 때는 친구 분 댁을 방문하여 평상에 앉아 점심을 하실 때도 겸상을 하게 하셨다. 무슨 이야기인지 몰라도 그 진지함이 지금도 가슴에 그대로 남아 있다.

세월이 많이 흘렀다. 세상도 변하고, 생각도 변하고, 사는 방법도 다양해졌다. 철부지 소년의 가슴에 한 가닥 빛과 길을 말없이 일러주신 두 분 은사님을 다시 한번 만나고 싶다.

길을 걷는 마음

계절의 순환은 변함이 없다. 봄 여름 가을 겨울이 바뀔 때마다 모든 생물은 자신의 몸을 단장하고 그 매무새를 다듬는다. 한 그루의 나무를 두고 생각하여 보아도 그러한 것을 얼마든지 찾아볼 수 있을 것이다.

나무는 자신이 서야 할 땅이 있어야 그 기능을 발휘하여 자랄 수 있을 것이다. 이것은 나무가 성장할 수 있는 기본 조건에 불과한 것이다. 이러한 조건을 갖추었다 하여 나무가 건강하게 성장하는 것은 아니다. 토양이 기름지고 햇볕이 풍부하고 수분이 넉넉하다 할지라도 나무 스스로가 자신을 지키고 성장할 수 있는 기능이 없다면 그것은 불가능할 것이다.

싹이 트고 꽃이 피고 열매를 맺어 소담스럽게 영글 때까지는 갖은 수난과 어려움이 따르기 마련이다. 이른 봄에 서리가 내리고 한여름에 우박이 쏟아지고, 홍수가 나고 극심한 한발로 목이 타는 아픔을 이겨내면 또 다른 시련이 기다리고 있는 것이다. 병충이 극성을 부리고 폭풍이 몰아쳐 전신에 상처를 입힌다.

이 같은 시련과 아픔을 의지와 지혜로써 극복하면 가을의 맑은 햇살 아래 향기 짙은 과일이 성숙하게 영글 것이다.

우리가 한 톨의 곡식이나 과일을 대할 때에는 농부의 지극한 정성과 노동의 신선함과 위대함에 경의를 표해야 할 것이다. 뿐만 아니라 곡식이나 과일나무 스스로가 자신에게 몰려오는 불행을 이겨내려는 힘이 없었다면 아무리 인간의 힘이 작용하여도 그것을 극복하지는 못했을 것이다.

얼마 전 특수학교 몇 군데를 방문한 적이 있다. 부산 송도에 있는 맹아학교 정문을 들어섰다. 초대 교장님의 흉상이 필자를 맞이했다. 맹아들을 위해 헌신하신 공적을 오래도록 기리기 위해 건립한 것이다. 가슴이 찡해 왔다.

사람이 앞을 볼 수 없는 것은 불행이다. 이러한 불행은 사람을 절망하게 한다. 그리고 괴로움과 슬픔이 겹겹이 쌓여 인생을 포기하기도 한다. 그러한 선입견을 가지고 학교에 들어섰다.

그러나 막상 그들을 대했을 때 깜짝 놀랐다. 실의에 젖어 맥없이 있을 것이라는 생각은 큰 잘못이었다. 학생들의 얼굴에는 배움의 열의가 넘치고 있었다. 얼굴이 뜨거워졌다.

초등학교부터 고등학교 과정을 수업하는 그들이 점자를 익히고, 책을 읽고, 기술을 배우는 의욕은 대단했다. 이들이 맹인이라는 생각을 깨끗이 가시게 했다. 비록 신체상 앞을 볼 수는 없지만 마음을 밝히고 스스로의 의욕과 노력으로 새로운 삶을 창조해 가는 눈물겨운 삶을 만날 수 있었다.

앙드레 지드의 소설《전원교향악》에 다음과 같은 장면이 나온다. 목사가 소경인 소녀 젤뚜루드를 데려다가 양육하게 된다. 소녀를 기르면서 가장 어려운 교육은 색채를 이해하게 하는 것이었다.

때로는 음악회에서 각종 악기 소리의 특성에 따라 색채를 이해시키기도 하였다. 그러던 어느 봄날 소녀와 같이 산책을 하였다. 목사는 주위의 풍경을 하나하나 설명하게 된다.

푸른 하늘 아래 끝없이 펼쳐진 들판이며, 여기 저기 어지럽게 피어 있는 붉고 노란 꽃들이 미풍에 하늘거리고 있다. 멀리 산봉우리 위로 하얀 구름이 피어오르고 있다고 할 때, 장님 소녀는 "아, 자연은 얼마나 아름다울까"하고 경탄하였다.

소녀의 이 부르짖음은 마음으로만 볼 수 있는 아픔인 것이다. 이 때 목사는 소녀의 등을 어루만지며 "눈을 뜬 자는 눈을 감은 자보다 자연의 아름다움을 모르고 산다"고 하였다.

눈을 뜨고도 앞을 가릴 수 없는 사람들이 이 세상에는 얼마나 많은가. 이것은 커다란 불행이요, 자기상실이 아닐 수 없다. 비록 눈을 뜬 사람이라 할지라도 빛을 잃은 마음은 어둠이 있을 뿐이요, 걸어야 할 길을 찾지 못하는 미아가 아닐 수 없다.

우리는 몸과 마음의 건강으로 꿈을 심어, 그것을 실현해야 할 것이다. 하늘과 땅에 부끄럽지 않은 자세로 자신의 길을 걸어야 한다. 인간의 행복이란 그저 얻어지는 것이 아니다. 피와 땀으로 이루어지는 결실이다.

오늘의 고독과 아픔은 내일을 위한 거름이다. 이를 위해 냉철한 이성과 신념으로 우선의 욕기를 극기하여 자아의 성장을 꾀해야 할 것이다.

밤새는 줄 모르고 책을 읽고 심신을 단련하여 자꾸만 흐트러지려는 자신을 격려해야 한다. 전신이 마비되고 말을 못하는 아이들이 걸음을 걷고 말을 하려는 부단한 노력을 육체적으로 건강한 어느 누가 감히 불행을 이야기할 수 있을 것인가.

쓰러지면 다시 일어서고 천 번이고 만 번이고 반복을 거듭하는 그 모습을 보라. 측은한 생각에 앞서 그들의 피맺힌 노력 앞에 감동하지 않을 자 있을까.

사람은 진실하고 순결한 것을 대할 때 동화되기 마련이다. 건강한 청소년들이 그저 놀기에나 능하고, 그릇된 꿈이나 꾸며 헤매는 것을 볼 때 비록 육신은 건강하고 앞을 볼 수 있다 하더라도 정신적인 불구를 면치 못할 것이다.

이것이 바로 어둠이요, 슬픔이요, 아픔이요, 불행인 것이다. 자신을 잃어버리고 망각하여 버린다면 어디에서 자신을 찾을 것인가. 앞을 못 보는 사람이, 육신을 제대로 움직이지 못하는 사람들이 자신이 처한 현실적인 고난만 생각했다면 그들의 생애는 불행으로 막을 내려야만 했을 것이다. 그러나 그들은 자신의 의지와 신념으로 향기 짙은 과일을 맺게 하고, 어둠을 광명으로 이끈 것이다.

우리에게는 해야 할 일들이 산적해 있다. 또한 많은 어려움과 고뇌가 기다리고 있다. 이것을 이겨나가는 것이 자신을 창조하는 길이요 즐거움이라는 것을 잊어서는 안 된다.

참나무의 명상

사람이 일상을 살아가면서 그 주변에 흩어져 있는 작은 일을 예사롭게 여기는 경우가 허다하다. 하지만 그 평범한 일에서 거짓 없는 진실을 만날 수 있다는 사실을 잊어서는 안 될 것이다. 이러한 일상적인 일들이 삶에 있어 중요한 의미를 차지하고 있기 때문이다.

오늘은 참나무에 얽힌 이야기를 해 볼까 한다. 참나무는 너도밤나무과에 속하는 갈참나무 굴참나무 물참나무 등을 총칭하는 이름으로 상수리나무라고도 한다.

그런데 범어사에서 북문으로 가는 등산로를 따라 올라가면 수많은 바위가 홍수처럼 흘러내리고 있는 곳을 발견할 수가 있다. 흙이라고는 찾아볼 수 없는 이곳에 거대한 참나무들이 청청한 자태를 자랑하고 있으니 참 신기하기도 하다.

한 그루 한 그루를 자세히 살펴보면 놀라운 사실을 발견할 수 있다. 적어도 몇 십 년 몇 백 년이나 되는 거목들인데 삭막한 바위틈에서 어떻게 자랐을까 놀라지 않을 수 없다. 어느 누가 조림을 한 것도 아니고, 모두가 자생한 나무들이니 더욱 이러한 생각이 드는 것이 아닌가 한다.

바위틈으로 콜콜 흐르는 물소리는 이러한 내 마음을 알아주는 듯했다. 나는 참나무에게로 다가서서 물어보기로 했다.

"참나무야, 너는 이 바위틈에서 어떻게 하여 오늘의 이 거목으로 자랐는가?"

그랬더니 참나무가 말했다.

"말도 말게, 내 소싯적을 말하면 필설로는 부족하네. 한번 들어보겠는가?"

하고, 말문을 열더니 이야기를 계속했다.

"내 어린 시절에는 친구도 많았지. 수많은 씨앗이 흘러와서 이 일대에 파랗게 싹이 트지 않았겠나. 그런데 그해 여름에는 극심한 한발로 태반이나 말라죽었지. 그래도 우리는 요행으로 살아남았는데, 그 이듬해에는 홍수가 나서 많은 친구들을 또 잃었지만 울음도 나오지 않았다네."

"그 뒤론 별 탈이 없었나."

"그랬음 얼마나 좋겠나. 바위뿐인 이 척박한 환경 속에서 살아가자니 이만 저만한 고통이 아니었네. 상처뿐인 이 몸뚱이를 좀 살펴보게. 그리고 내 밑동에 박혀 있는 바위를 보면 알게 아닌가. 세월은 흘러 이

몸은 자꾸만 자라는데 바위틈에 끼어 있으니 이렇게 될 수밖에 없지 않은가."

"과연 그렇군. 너의 그러한 모습을 보니 나도 숨이 막힐 지경이네."

"그런데 말일세, 내가 이렇게 살아 있기 위해서 내 뿌리가 얼마나 많은 노력을 하고 있는가 하는 사실을 알아야 하네."

"참나무야, 그 정도의 노력도 하지 않고 이 험한 세상을 어떻게 살아가겠는가!"

"그도 옳은 말이네. 내 몸을 보아 알겠지만, 이렇게 상처투성이가 된 것도 우연이 아니네. 내 청춘 시절, 한창 손발을 뻗혀 자랄 때, 사람들은 장난삼아 내 팔다리를 함부로 꺾어버리는 것이 아니겠나. 그리고 나무꾼은 내 엉덩이를 마구 쳐서 생채기를 내기도 하였네. 정말 천행으로 살아났지. 그런 생채기가 이렇게 꾸부러지고 틀어져 볼 상 없게 되어버렸네."

거대한 참나무는 걸걸한 목소리로 말을 이었다.

"예전에는 산새도 자주 찾아와 같이 놀아주기도 하고, 맑은 바람도 쉬어갔는데, 이제 그 새들은 어딜 갔는지 오지도 않고 흘러가는 바람은 내 머리를 이렇게 아프게 하니 어찌된 영문인지 알 수가 없네."

참나무는 콜록콜록 기침을 하며 입을 다물었다. 여기저기 서서 듣고 있던 참나무들도,

"그렇지 그렇지!"

하면서 고개를 끄덕끄덕 했다.

어느 문인은 나무를 견인주의자라고 했다. 우리는 나무의 인내를 배워야 한다. 그리고 우리는 나무의 철학을, 나무의 진실을, 나무의 순수를 찾아야 한다. 참나무의 그 강인한 체질과 끈질긴 생명력이 얼마나 가치 있는 것인가를 깨달아야 하겠다.

이렇게 이야기를 하다 보니 다형 김현승 시인의 〈참나무가 탈 때〉라는 시가 생각난다.

참나무가 탈 때,
그 불꽃 깨끗하게 튄다
보석들이 깨어지는 소리를 내며
그 단단한 불꽃들이 튄다.

참나무가 탈 때,
그 남은 재 깨끗하게 고인다.
참새들의 작은 깃털인 양 따스하게 남는 재,
부드럽게 빤질하게 고인다.

까만 유리 너머
소리 없이 눈송이가 나리는 밤

호올로 참나무를 태우며
물끄러미 한 사람의 그림자를 바라본다.

짧은 목숨의 한 세상,
그 헐벗은 불꽃 속에
언제나 단단하게 타기를 좋아하던,
지금은 마음의 파여 풀레스 안에
아직도 깨끗하고 따스하게 고여 있는,
어리석은 한 사람의 남은 재를 생각한다.
– 〈참나무가 탈 때〉 전문

이 시편은 참나무의 강인한 체질과 생리를 통해 티 없는 삶의 모습을 형상화하고 있다.

이젠 입춘도 지나고 눈앞에는 봄의 옷깃이 하늘거린다. 수천수만의 나무들도 봄을 맞이할 준비가 끝났다. 그 파란 봄을 맞이할 차비를 차려 보자. 참나무와 같이 맑고 탄탄한 육신과 밝고 환한 정신으로 올 한 해를 힘차게 살아 보자.

입춘立春이 오고 있다

입춘이 저만큼 다가오면 그렇게 맹위를 떨치던 동장군도 한풀 꺾이고 슬금슬금 물러서기 시작한다. 그러다가 우수가 지나면 수양버들 가지가 포름하게 물이 오르기 시작한다.

고개를 들고 망망한 수평선을 바라다보면 봄기운이 역력하다. 아른아른 피어오르는 아지랑이는 봄이 오실 길을 정결하게 닦는다. 아직껏 잔설이 남아 있고, 얼음 또한 풀리지 않았지만 귓가를 스치는 차가운 바람결에는 분명 봄 냄새가 배어 있다.

이처럼 절기란, 올 때가 되면 말없이 왔다가 갈 때 역시 슬며시 가버린다. 아무리 엄동설한이라 할지라도 '봄, 봄이다' 라고 생각하면 가슴이 설렌다. 세상에서 시작처럼 정결하고 희망찬 일이 또 있을까. 이제 소한은 이미 지났고, 대한 또한 턱밑에 와 있으니 곧 입춘이다. 입춘이 지나고 우수가 되면 진정 새로운 날이 열리는 것이다.

어린 시절, 이른 봄날이었다. 갯가에는 봄볕이 따뜻이 내리고 있었다. 때마침 썰물이라 물이 난 개펄은 육신을 드러낸 채 봄볕 속에 누워 있었다. 질펀하게 흩어진 돌밭에는 고동이며 파래가 지천이다. 여기 저기 짜작하게 고인 웅덩이마다 문주리며 새우며 작은 고기 새끼들이 웅성이고 있었다.

저만치 세모래가 쌓인 낮은 언덕에는 봄의 눈썹이 반짝이고 있었다. 참 곱다. 바다 냄새가 은은하다. 아무리 봄이라 해도 바닷물은 차기만 하다. 하지만 양팔을 걷어 올린 채 돌 밑이며 웅덩이를 누비는 재미를 어디에다 비길까.

정신없이 즐기다가 고개 들었다. 모래언덕을 바라보았다. 모래언덕을 향해 수많은 반게가 떼를 지어 가고 있었다. 참 신기했다. 헤아릴 수도 없는 거대한 대열이다. 에라, 나도 반게가 되어 그 행렬을 따랐다. 열심히 따랐다. 어지럽게 흩어진 돌밭을 지나 모래가 쌓여 있는 언덕에 도착하였다.

게들은 여기저기 적당한 곳에 흩어져 자리를 마련하고, 해바라기를 시작하는 것이었다. 부글부글 부풀어 오르는 거품이 칠색무늬로 꽃밭을 이루었다. 게들의 꿈이 거품 속을 날고 있었다.

깜짝 생각해보니 그 수많은 게들의 걸음걸이에 관심이 갔다. 그래, 모두가 바로 걷질 못하고 하나같이 옆걸음 판이었다.

"한번 따져 봐야지."

무리 중 다소 몸집이 큰 놈이 보였다.

"얘, 너네들은 왜 옆으로만 걷는 거야?"

"뭐, 뭐라 했어? 다시 한 번 말해 봐."

"그래, 너네들은 바로 걷지 못하고 옆으로만 걷는 거야?"

"음, 너의 눈에는 옆으로 걷는 것처럼 보여?"

"그럼, 그게 옆으로 걷는 게 아니고 뭐야?"

"그렇겠군, 너의 눈에는 그렇게 보일지 몰라도 우리 반게는 그게 바르게 걷는 거야. 그러니 걱정 안 해도 좋아."

"아, 그렇구나. 나는 어의 속을 모르고 겉만 보고 말았구나. 반게야, 미안."

반게는 다시 눈을 감고 해바라기를 하면서 더 많은 거품을 품기 시작했다.

관상대에서는 호남과 영동에 폭설주의보를, 전 해상에는 폭풍주의보를 내렸다. 예년보다 6도나 낮은 강추위다. 하지만 이 모두가 새봄을 맞는 징조라 생각하니 마음이 한결 가벼워진다.

아름다운 정신

신록이 한창이다. 연초록의 싱그러움이 가슴을 두근거리게 한다. 신록같이 때 묻지 않은 삶이 그리워진다. 신문이나 텔레비전 화면을 채우는 뉴스는 머리가 돌 정도로 사건 사고로 홍수를 이루고 있으니 말이다.

허지만 때로는 신선한 신록 같은 기사를 만날 수 있으니 살맛이 나는 세상이기도 하다. 지난 4월 말과 5월 초에 여러 신문의 기사를 읽고 진정 가슴이 뜨거워짐을 느꼈다.

기사의 내용은 장경자(81), 최병수(84) 두 할머니에 대한 이야기다. 그 내용을 간추려 본다.

장경자 할머니는 함경남도 신북청에서 태어나 18세에 결혼하여 서울에서 신혼 생활을 시작하였으나, 1년 만에 사별하고 평생을 독신으로 살아왔다.

보통학교 3년의 학력뿐인 장 할머니는 언젠가는 공부를 해야 한다는 생각으로 30여 년 동안 이문동 허름한 문간방에 살면서 폐품을 모아 생계를 이어왔다. 게다가 동대문구청과 이문동 새마을 사업장에서 막노동을 하였다. 장 할머니는 새벽 1시부터 오후 4시까지 각종 폐품을 모아 1원짜리까지 저금을 하였다고 한다.

그러데 뜻밖에도 방광암 진단을 받았다. 허나 수술도 어렵고 항암제도 거부반응으로 치료를 받을 수 없게 되어 퇴원을 하였다.

장 할머니는 생애를 바쳐 모은 1억 원을 장학금으로 내어 놓았다.

"총장님, 제 피가 묻은 돈입니다. 돈이 없어 공부 못하는 학생에게 전해 주세요." 장 할머니의 말씀이다.

또 다른 이야기는 역시 과일 행상과 가정부를 하면서 80평생 모은 10억 원을 선뜻 장학금으로 내놓은 최병순 할머니의 사연이다.

19살에 결혼하여 노름과 술에 빠진 남편의 구타에 못 이겨 결혼 6년 만인 1940년 서울로 올라와 온갖 고생을 무릅쓰고 모은 재산이라 한다.

"이 세상에 살았다는 조그만 흔적이나마 남기고 싶다"고 하면서 "내 돈으로 공부한 학생들이 나라의 큰 일꾼이 되길 바란다"고 최 할머니는 말했다고 한다.

이 세상에는 훌륭한 인격자도 많고, 돈 많은 재산가도 많다. 1억이나 10억 원은 어찌 보면 돈도 아닐 것이다. 신문 사회면을 메우는 액수에 비해 정말 새발의 피 정도일 것이다. 그러나 장경자, 최병순 두 할머니의 가슴은 하늘만 하고, 그 정신은 이 어두운 사회를 밝히는 빛이라 할 수 있다.

이분들이 희사한 장학금은 그 무엇보다도 값진 가치가 있다. 황금에 눈이 어두워 길을 잃은 사람들, 끝없는 욕망에 정신이 어두워 허둥대는 정치인에 비하면 진정한 현자의 길을 걸어온 분들이라 생각된다.

우리는 작은 일이나 큰일을 일심으로 살아야 한다. 두 할머니는 많이 배우지도 못하였고, 80평생을 가난과 고초로 세상의 밑바닥을 일심으로 살아온 분들이다.

부끄러운 짓을 저질러 놓고도 부끄러워할 줄 모르는 오늘, 이 얼마나 아름다운 정신인가. 이 두 분의 빛나는 정신은 "참생활이 이런 것이다"라고 우리를 꾸짖는 매서운 회초리로 느껴진다.

우리도 '연어의 꿈'을

우리는 예로부터 우리나라를 금수강산이라 하여 스스로 자랑하며 살아왔다. 과연 산 좋고 물 맑으니 어디 하나 흠 잡을 데가 없다. 게다가 명산 거봉과 수려한 산야가 알맞게 조화를 이루고 있으니 더욱 그러하다. 외국의 명소가 아무리 빼어나도 이 땅의 경관에 비할 수 없다.

자연에서 태어나 자연으로 돌아가는 것이 인간일진대 자연은 영원한 삶의 진실이다. H. D. 소로의 소설 《숲 속의 생활》의 주인공 '나'는 자연의 품이 바로 깨달음의 문이라는 사실을 일러주고 있다.

오늘날 나날이 팽배하고 있는 물질문명 속에서 자꾸만 황폐해가는 자연환경과 정신세계를 구제한다는 것은 커다란 명제가 아닐 수 없다. 자연은 인간이 함부로 접할 수 없는 신비의 세계이다.

자연의 신비는 인간으로 하여금 새로운 창조의 정신을 부여하는 생명력을 가지고 있기 때문이다. 그러므로 우리는 살아 숨쉬는 자연이 있기에 오늘의 삶을 지탱해가고 있는 것이다.

하지만 오늘의 형편은 어떠한가. 명산대천은 성한 곳이 없다. 하루가 다르게 황폐화되고 있으니 예삿일이 아니다. 하나하나 사례를 들면 끝이 없다.

그렇게 풍성하던 수자원은 극심한 해양오염과 마구잡이 남획으로 인하여 그 많던 어족이 자취를 감춘 지가 어제 오늘이 아니다. 정말 전설이 되고 말았다. 이러한 시점에서 우리는 무엇을 어떻게 해야 할지 답답한 노릇이다.

유럽에서는 오염된 라인 강을 살리기 위하여 스위스, 독일, 프랑스, 룩셈부르크, 네덜란드 등 강이 통과하는 5개국이 더 이상 오염을 방치할 수 없다는 취지로 'C. I. P. R.(국제 라인강 보호위원회)'를 결성하여 3,400만 마르크(약 1,700억원)의 예산으로 1999년까지 수질 정화 작업을 계속하여 왔다.

이들은 20여 년간 수질개선을 위해 쏟아온 엄청난 투자와 정성어린 노력의 결과 '연어의 꿈'이 이루어졌다고 말한다. 자연이 꿈틀거리기 시작한 것이다. 자연의 맥박이 살아난 것이다. 다시 연어가 상류까지 올라오고 지역마다 수많은 어류가 그 모습을 드러낸 것이다.

우리는 시름시름 앓고 있는 자연을 방치해 왔다. 이 중병을 치유하기 위해서는 무엇보다 우리 개개인의 정성과 노력이 필요하다. 낙동강 오염을 놓고 지역이기주의로 인해 끌고 당기는 모습이 얼마나 부끄러운 일인가.

한 번 자연이 죽으면 인간의 꿈 또한 무산되고 마는 것이다. 우리는 다 같이 뜻과 힘을 모아 삼천리금수강산을 건강하게 치유하여 후손들에게 물려주어야 한다.

악머구리 소리

농가農家에서 일 년 동안 할 일을 가사 형식으로 만들어서 권농의 내용을 읊은 노래가 농가월령가農家月令歌이다. 이 노래는 농촌의 풍속과 달마다 지켜야 할 범절을 적은 것인데 연대와 작자가 미상이라 하나 다산茶山 정약용丁若鏞의 둘째 아들인 운포耘逋 정학유丁學游와 고상안高尙顔의 작품으로 알려져 있다.

이 노래를 읽어보면 흙과 더불어 살아온 우리 민족의 진한 체취가 온몸으로 서려옴을 느낀다.

특히 사계의 전성기인 여름에 해당하는 음력 4월, 5월, 6월은 모든 수목이 푸른 팔뚝을 걷고 넘치는 의욕으로 충만하다. 여름의 시작이 4월이고 보면 더욱 계절의 훈향이 진하게 흘러나온다.

사월이라 맹하孟夏되니
입하立夏 소만小滿절기로다.

비 온 끝에 볕이 나니

일기도 청화하다.

떡갈잎 퍼질 때에

버꾹새 자로 울고,

보리 이삭 패어나니, 꾀꼬리 소리 난다.

농사도 한창이요.

잠농도 방장方壯이라.

남녀노소 골몰하여

집에 있을 틈이 없어.

적막한 대사립을

녹음綠陰에 닫았도다.

4월령의 일부다. 이 철은 남녀노소를 막론하고 부지깽이도 일어서야 하는 바쁜 시기다. 그래도 뻐꾸기와 꾀꼬리는 울어대고 텅 빈 집안은 적막으로 가득하지만, 거기에는 푸른 녹음이 창창하니 풍성하기만 하다.

아무리 고되고 바빠도 허리를 펴고 하늘을 바라보는 여유를 가진다.

앞내에 물이 주니

천렵을 하여 보세.

해 길고 잔풍殘風하니

오늘 놀이 잘 되겠다.

벽계수碧溪水 백사장白沙場을

굽이굽이 찾아 가니,

수단화水丹花 늦은 꽃은

봄빛이 남았구나!

촉고數罟를 둘러치고

은린銀鱗 옥척玉尺 후려내어,

반석磐石에 노구 걸고

솟구쳐 끓여내니,

팔진미八珍味 오후청五候鯖을

이 맛과 바꿀쏘냐

이러한 멋과 즐거움을 어디서 찾을 수 있을까.

5월로 접어들면 더위는 한결 더하고 일손도 바빠진다.

오월이라 중하中夏되니

망종亡種 하지夏至 절기로다.

이렇게 시작된 노래는 모든 농사의 일정을 빠짐없이 일러준다.

목동牧童은 놀지 말고
농우農牛를 보살펴라.
뜨물에 꼴 먹이고
이슬풀 자로 뜯겨
그루갈이 모 심으기
제 힘을 빌리로다.
(중략)
앵두 익어 붉은 빛이
아침 볕에 바히도다.

어린 시절 소를 몰고 가던 논둑길이 주마등 같이 지나간다. 어미 소가 훅훅 숨을 내쉬며 풀을 뜯는다. 산그늘이 들판까지 내리면 머리를 치켜들고 새끼를 애타게 부르던 암소의 긴 울음소리가 들여오는 것만 같다.

겨우 애티를 면한 그 개구쟁이 송아지의 몸부림에 얼마나 골탕을 먹었던지! 뒷마당에 무더기로 익은 빨간 앵두 알을 따 먹던 애틋한 맛이 지금도 입안을 돌고 있다.

'상천上天이 지인至仁하사 / 유연히 작운作雲하니' 하늘이 지극히 어질고 사랑이 깊어 뭉게뭉게 구름이 일어나 때맞춰 오는 비를 그 누가 막을 것인가.

잔디가 고운 묘 등에 앉아 수평선 너머 피어오르는 뭉게구름의 천변만화하는 형상을 바라보며 온갖 상상의 날개를 펴던 어린 시절이 칭칭한 푸름으로 되살아나니 자연의 순결한 호흡 속에 내 지난날의 일들이 녹음으로 남아 있는지도 모르겠다.

아기 어멈 방아 찧어
들 바라지 점심하소.
보리밥과 찬국에
고추장 상치쌈을
식구를 헤아리되
넉넉히 능을 두소.

모내기를 하고 논두렁에 둘러앉아 잡곡밥에 갈치찌개 풋고추에 상치쌈을 볼이 매어지게 먹고, 농주 한 사발의 맛을 이제야 알만도 한데 모두가 아쉬운 지난날이고 보니 가슴 한 구석이 비는 것만 같다.

유월이라 계하季夏되니
소서小暑 대서大暑 절기로다.
대우大雨도 시행時行하고
더위도 극심하다.

초목이 무성하니
파리, 모기 모여들고,
평지에 물이 괴니
악머구리 소리난다.

'애애한 저녁 내는 산촌에 잠겨 있고, 월색은 몽룡하여 밭길에 비최거다.' 큰비가 내려 초목은 무성하게 자라고 평지에도 물이 괴어 참개구리 소리가 들판을 채우는 여름밤의 한적한 풍취다. 달빛에 젖은 들길로 돌아오는 삶의 가락이 가슴에 전해온다.

또 '삼복三伏은 속절俗節이오, / 유두流頭는 가일佳日이라 / 원두밭에 참외 따고 / 밀 갈아 국수하여 / 가묘에 천신하고 / 한때 음식 즐겨 보세' 삼복(초복 · 중복 · 말복)은 속절(설날 · 한식 · 단오 · 추석 · 동지 등의 명절에 차례를 지내는 날)이오, 유두(음력 유월 보름)는 좋은날이라. 원두밭에 가서 참외를 따고, 밀을 갈아 국수를 만들어, 집안 사당에 천신을 하고 한 철의 첫 음식을 즐겨 보자는 노래다.

오늘은 오월 단옷날이다. 뒷산 뻐꾸기가 몇 번 울더니 시끄러운 소음 때문인지 들리지 않는다. 어느 공장에서 흘러오는지 매캐한 내음에 머리가 아프다.

나락이 탁근을 하는 여름밤, 들판을 메운 악머구리 소리가 계곡을 넘치는 물소리에 섞여 가슴 깊이 잠든 그리움이 되어 다가온다.

겨울비가 내린다

'겨울비가 내린다… 삼라만상森羅萬象에… 남해南海 동서부東西部 폭풍 주의보 여객선旅客船 발 묶여.'

이는 1980년 11월 21일(금요일) 국제신문 제1면 표제 기사이다. 그 옆의 사진은 세찬 바람으로 찌그러진 우산을 쓴 4, 5명의 남녀가 안간힘을 쓰며 쓰러질 듯이 걷고 있는 정경이다.

'추위를 예고하는 겨울비가 남해 동서부에 폭풍주의보를 내리게 한 강풍과 함께 부산 지방에서는 21일 하오 10시 현재 36밀리미터를 기록했다' 는 사진 설명도 상당히 상징적인 표현이다.

그로부터 나흘 후인 25일(화요일) 석간 제1면에 '이 신문이 마지막 국제신문입니다…. 창간 33년 2개월 만에 지령 10,922호를 끝으로 문을 닫습니다' 로 시작되는 고별사가 실려 있다. 그 가운데 '우리는 겸허한 자세로 막중한 언론의 사명을 얼마나 충실하게 다했는가 깊이 반성합니다' 라는 문장이 있다. 얼마나 절실한 표현인가. '자세' 와 '사명' 그리고 '충실(책임)' 이라는 낱말에는 한 개인이나 한 세대를 열어갈 수 있는 커다란 동력이 내재하고 있는 것이다. 사람이 지켜야 할 '자세' 와 해야 할 '사명' 을 '충실' 하게 다하지 못할 때 모든 것이 허물어져 버리고 마는 법이다.

그리고 1면 표제 중 '파란만장波瀾萬丈의 시대에 역사歷史의 기록자記錄者임을 확신하며' 라는 구절도 시사하는 바가 크다고 할 것이다.

E. H. 카는 역사 기술은 그 자체가 진보적인 사건 전개 과정에서 끊임없이 확대되고 깊어지는 통찰을 마련하려는 진보하는 과학이라고 했다.

이 말은 몰락하고 있는 시대에는 모든 경향이 주관적이지만 반대로 모든 일이 새로운 시대를 향해 무르익고 있을 때에는 여러 경향이 객관적이라고 말한 괴테의 이야기로 해명할 수 있을 것이다. 다시 말하면 역사가 움직여 가는 방향에는 반드시 도덕적인 책임이 따른다는 것을 강조한 것으로 이해된다.

아무리 열악한 사회적 환경에 처해 있다 할지라도 그러한 도덕성을 절대로 배제할 수 없는 것이 사람이 사는 세상의 일이다.

이제 역사의 흐름은 새로운 출발을 하게 하였고 11월이 되니 1980년의 감회가 뜨겁게 느껴진다. 어둠이 있으면 반드시 밝음이 찾아온다는 이치가 새삼스러운 이야기가 되겠지만 우리의 삶에 있어 커다란 교훈이 아닐 수 없다.

문학을 지망하는 청년에게

1956년 4월의 미아리고개는 차디찬 흙바람이 몰아치고 있었다. 열아홉 까까머리 문학청년은 텅 빈 손으로 앞을 분간할 수 없는 안개 속을 방황하고 있었다. 문학이 무엇인지, 시가 무엇인지도 모르는 막연한 선망으로 흙먼지 일어나는 언덕을 오르내렸다. 하지만 책으로만 대하던 염상섭, 서정주, 김동리, 박목월, 곽종원, 최정희 선생 등 문단 거장들의 강의를 받는다는 기쁨으로 가슴이 벅찼다.

박목월 선생님의 수업시간, 김동리 선생님의 《문학개론》을 교재로 하였으나 물론 학생들은 교재 없이 수강을 하였다. 그때 추천한 책이 릴케의 《문학을 지망하는 청년에게》였다.

이 책은 1954년 범조사에서 간행한 것으로 박목월 선생님이 중역을 하신 것이었다. 내용은 카쁘스라는, 문학을 지망하는 젊은 군인이 라이너 마리아 릴케에게 문학을 위한 참된 길을 찾으려는 뜻에서 인생과 예술에 대한 온갖 질문을 하였다. 이 책은 그 물음에 대한 회답으로

서간 형식으로 되어 있다.

그러나 이것은 비단 카쁘스에게만 보내는 답신이기보다 문학을 지망하는 모든 젊은이들에게 보내는 회신이라 할 것이다. 서간체로 된 10가지 질문에 대한 성실한 답신이다.

한국전쟁 직후라 모든 것이 어수선하고 모자라는 것이 한두 가지가 아니었다. 이런 가운데서 밀어닥치는 육체적 정신적인 갈등과 현실적은 고뇌로 방황하던 시기에 이 책은 메마른 가슴에 한줄기 빛이었고 청량제가 되었다.

특히 〈예술의 본질〉, 〈참으로 애독할 서적〉, 〈예술은 끝없이 고독한 것〉, 〈육욕의 본질〉, 〈조용한 거처에 대하여〉, 〈사랑의 본질〉, 〈슬픔에 대하여〉, 〈감정에 대하여〉, 〈환경에 대하여〉, 〈직업이란 것〉 등에서 보여준 릴케의 따뜻하면서도 성실한 목소리는 내가 새로운 길을 여는 계기가 되었다.

'언어로 나타낼 수 있는 예술작품은 신비로운 존재이며 덧없는 인간의 생명을 영생으로 인도한다'는 전제로 작품에 대한 친절하면서도 솔직한 지적은 새롭고 신선한 충격으로 전신에 전율을 느꼈다.

"시를 꼭 써야 할 깊은 목소리의 근거를 추구하고, 쓰지 않고는 견디지 못할 때, 보고 체험하고, 사랑하고 상실한 것을 표현하도록 노력해 보라. 평범한 것이 가장 어려운 것이다. 시야말로 자신의 생명이라는 말씀으로 믿어야 한다"는 말씀은 하루하루를 고민과 혼돈 속에서 방황하던 나에게 구원의 빛이 되어 주었다.

당시 나는 궁정동의 친분이 있는 집 골방에 거처하고 있었다. 아침 일찍 효자동을 거쳐 비원 앞을 지나 원남동 전찻길까지 걸으면서 가슴을 차오르는 상념의 밀림은 눈앞을 가렸다.

오월 어느 날 아침, 등교를 포기하고 창경원 동물원으로 들어갔다. 오른쪽은 식물원이고 왼쪽으로 가면 조류의 우리다. 신록은 오월의 햇살로 유난히 싱그럽게 일렁인다. 높은 철망으로 된 독수리 우리 앞에 섰다.

거대한 몸집의 독수리 한 마리가 우람한 발톱으로 고목을 꽉 움켜쥐고 앉아 있다. 대머리가 된 머리는 하늘을 향하고 있다. 축 처진 긴 날개는 쓸모없는 폐품이다. 햇살은 맑다. 독수리는 요지부동이다. 좋다. 네가 움직일 때까지 나도 요지부동이라고 다짐했다. 두 시간이 지나고 세 시간이 되어도 독수리는 부동의 자세다.

나 역시 발을 옮겨 놓을 수가 없다. 배가 아파오고 온몸은 땀으로 젖는다. 전신이 저려온다. 그래도 참고 서 있을 수밖에 없다. “독수리야, 좀 움직여 다오.” 아무리 기원을 해도 소용이 없다. 지나가는 사육사에게 박제가 아니냐고 물었다. 씩 웃을 따름. “자네 하루 종일 거기서 무얼 하냐”고 핀잔이다.

‘그렇구나! 독수리는 오월의 푸르른 하늘만 바라보고 있는 것이다. 천애의 단애에다 둥우리를 틀고 새끼를 기르며 암수가 어울려 창공을 비상하던 그날을 꿈꾸고 있는 게로구나.' 철창으로 사방이 막힌 우리에서 바라보는 더 푸른 자유를 뼈저리게 갈망하고 있는 것이다.

나 역시 저 창공을 날고 싶다는 생각을 하면서 내가 박제가 된 것이 아닌가 싶기도 했다. 전신이 전율이다. 나의 길은 저 창공 너머로 펼쳐진 우주 공간 쯤에 있는 듯했다. 와락 울음이 터졌다. 어둠이 깔리는 원남동을 터덕터덕 걸었다. '예술은 끝없이 고독한 것' 이라고 말하는 릴케의 목소리에 정신을 차렸다.

야곱센의 장편, 서한, 일기, 시를 권하는 릴케의 잔잔한 미소를 생각했다. 그는 사랑만이 예술작품의 참뜻을 포착할 수 있다는 신념을 알 듯 하기도 했지만 여전히 미망의 안개 속을 방황할 수밖에 없었다.

'무리하고 조급하게 하지 말고 인내하면서 기다리는 일, 이것이 예술가의 삶이다. 시간을 따지지 말아라. 몇 해가 문제가 아니다. 십 년쯤은 아무것도 아니다. 수목처럼 성숙시켜라. 그리고 조용히 기다려라. 괴로워하면서 배우고 괴로움에 감사해야 한다. 디이멜Richard Debmel의 시에 관심을 가지길 바란다. 나의 저서 전부를 보내고 싶지만 한 번 출판한 것은 수중에 없어 최근 출판된 책의 표제와 발행소를 적어 보낸다' 는 릴케의 따뜻한 인간미에 눈물이 날 만큼 친근감이 갔다.

〈육욕의 본성〉에서 해답이란 그것을 체득하지 않는 한 답을 얻을 수 없다. 가장 긴요한 것은 체득이다. 참된 것은 모두 무겁고 힘이 든다. 육욕이라는 것은 감각적 체득으로서 순수한 직관 혹은 잘 익은 나무

열매로 말미암아 생기는 미각과 같은 감정에 지나지 않는다.

그러나 고독한 사람은 동물이나 식물의 모든 아름다움을 조용함이라는 불변의 모습에서 깨닫게 된다고 하였다. 인간이 가장 작은 사물에 이르기까지 대지에 충만한 신비를 좀 더 겸손하게 받아들이고 보다 참되게 운명의 짐을 지고 참고 견뎌야 한다고 하였다.

〈사랑의 본질〉에서 인간이 인간을 사랑하는 것은 우리에게 부여된 것 가운데 가장 어렵고 궁극적인 것이며 최후의 경험으로 다른 모든 일이란 그 준비에 지나지 않는다고 하였다.

또한 사랑은 개개인이 성숙하고, 자기 안에 무엇이 되는, 세계를 이루며, 다른 한 분을 위하여 자기만의 세계를 이루기 위한 숭고한 동기이다. 그것은 한 사람 한 사람에 대한 엄정한 요구이며, 그를 택해서 아득한 곳으로 이끌게 하는 사명을 불어 넣는 무엇이라고 하였다.

〈슬픔에 대하여〉에서는 슬픔을 겪고 지나가는 동안이야말로 쓰라리고 불쾌한 것이다. 큰 슬픔은 당신의 가장 깊은 내부로 지나간 것이 아닌가. 슬픔을 겪음으로 당신 안의 것이 얼마나 변하고 달라졌는가. 당신의 본질의 한 모가 변하지 않았을까. 다만 위험하고 나쁜 것은 사람들이 웅성거리는 곳에서 풀 수 있는 그 슬픔뿐이다.

슬픔이 우리 안에서 솟는다는 것은, 어떤 새로운 것, 혹은 알 수 없는 것이 우리 안으로 들어온 순간이라는 뜻이다. 그때 우리들의 감정은 수줍고 당황하여 침묵하게 된다. 우리의 모든 슬픔은 긴장의 순간이라 생각된다. 이 긴장을 우리는 무엇에 마비된 것처럼 느끼나, 그것은 감정이 고개를 숙인 탓이다. 슬플 때에는 고독하게 신중하게 지냄이 가장 중요하다. 인간은 용기가 부족할수록 인생에 큰 해가 되었다고 역설한다.

〈감정에 대하여〉에서 자기 안에서 참고 견딜 수 있을 정도의 인내와 가능한 한 소박을 발견하길 바란다. 다른 사람과 쉽사리 어울릴 수 없는 당신의 고독을 한결 신뢰하고, 감정이 당신의 전부를 움켜잡아 포로로 만드는 감정은 전부 순수한 것이다. 본질의 일면만 포착해서 당신을 왜곡시키는 감정은 순수하지 않다고 하였다. 거기에는 밑바닥까지 들여다보이는 기쁨이라고도 하였다.

〈환경에 대하여〉에서는 고독은 인생에서 씻을 수 없다고 했다. 준엄한 현실의 한 모퉁이에서 고독하게 용기를 가지는 즐거움을 알아야 한다고 역설하기도 했다.

그리고 〈직업이란 것〉에서는 고독한 사람만이 자연처럼 깊은 법칙에 따라 일에 종사할 수 있다고 했다. 벌이 꿀을 모으듯, 우리는 모든 것에서 가장 달콤한 것만 얻기 마련이다.

하지만 하잘것없고 두드러지지 않는 일이라 할지라도 노력을 아끼지 말아야 한다. 노동과 그 뒤에 오는 휴식으로써 침묵과 고독한 기쁨이 우리 안에 살아 있다고 하였다.

뚝심만 가진 까까머리 문학청년은 황당한 꿈만 짊어지고 몽유병자처럼 방황한다고 릴케의 서한을 읽고 정신을 바짝 차렸던 것이다. 53년 전에 구입한 누렇게 바랜《문학을 지망하는 청년에게》를 보니, '인간은 용기가 부족하면 인생에 큰 해가 된다' 는 말과 함께 목월 선생님의 목소리가 귓가에 쟁쟁하다.

파도소리가 내 가슴에

살구꽃이 피는 동네

– 내 고향 사량도

봄이 한창이다. 매화는 벌써 그 청초한 자태를 뽐내며 따뜻한 미소를 머금고 있다. 목련도 부풀은 가슴을 두근거리며 꽃망울을 터트리고 있다. 주위를 둘러보면 새싹이 돋아나고 순이 트는 소리가 귓전을 울린다. 이처럼 새 생명의 몸부림은 정녕 활기차고 성스럽기만 하다.

하지만 꽃샘바람이 흙먼지를 날리며 모질게 불고 있다. 차가운 바람에 연약한 풀잎이 흔들리고, 나뭇가지가 몸부림을 친다. 하늘을 가린 검은 구름은 을씨년스럽게 상을 찡그리고 있다. 한줄기 비를 뿌릴 것만 같아 가슴이 답답하다. 숨이 꽉 차오른다.

이럴 때에는 내 고향의 살구꽃이 생각난다. 우리 큰집 삽짝에 아름드리 살구나무 한 그루가 의젓이 서 있었다. 허리를 다소 굽힌 자태는 어린 나의 마음을 사로잡았다. 봄이 한창이면 새잎이 나기 전에 무리무리 꽃이 핀다. 꽃구름을 이룬 연분홍 꽃잎은 온 동네를 가린다. 지금도 나의 가슴에는 살구꽃이 눈송이처럼 날리는 정경이 되살아난다.

'지자智者는 요수樂水하고, 인자仁者는 요산樂山이니, 지자智者는 동動하고, 인자仁者는 정精하며, 지자智者는 낙樂하고, 인자仁者는 수壽니라' 라고 하는 옛말이 있다.

지자智者는 천성이 밝아 사리에 어긋남이 없어 그 흐름이 물과 같아 머뭇거림이 없으니 물을 좋아하고, 인자仁者는 사사로운 욕심이 없으니 마음이 편안하고 고요하다.

또한 '지자智者는 마음이 맑고 밝아 언제나 즐거워하며 인자仁者는 마음이 순진하고 티가 없으니 자연히 장수하게 되는 것이다.' 라고 풀이할 수 있다.

이 글은 산과 물이 인간의 삶에 절대적인 관계를 이루고 있다는 사실을 깊이 있게 설파하고 있다고 하겠다. 산과 물은 자연의 생명이다. 여기에는 시기와 질투가 없고 욕망이나 가식도 없는 무구한 세계이다.

이러한 산자수명한 곳이 바로 우리 통영의 얼굴이요, 정신이요, 삶의 한 형식이라 해도 과언은 아닐 것이다. 다시 말하면 산과 물 어느 한쪽이 아니고 이 둘을 동시에 모두 갖추고 있으니 통영 사람들은 지복을 타고난 셈이다.

통영의 섬 가운데서도 사량도는 천혜의 경관이 빼어난 곳이다. 특히 옥녀봉의 전설이나 그림 같은 산세는 보는 이의 심금을 흔들어 놓는다. 더구나 능양마을을 둘러싼 칠형제봉은 중후하면서도 부드러워 따뜻한 정을 느끼게 하는 고장이다.

봄이 오면 참꽃이 만발하고 살구꽃이 화사하게 피는 나의 고향에는 지금도 예나 다름없이 청정한 사람들이 정답게 살고 있다.

이제 사량도에는 전기도 들어왔고 일주도로와 등산로가 개발되어 옛 모습이 사라져 가고 있어 어제가 그리운 시절이 되었다. 개발도 좋고 편리함도 좋겠지만 진정 우리는 산과 물을 지키는 마음이 절실한 시대가 되었다.

모래성의 꽃

바다에는 하늘이 잠길 수 없다. 바다는 하늘에 묻힌 아픔으로 항시 경련을 계속하고 있기 때문이다.

초하의 태양이 쏟아지는 마음에 뭉게구름이 피어오른다. 거기에 핀 한 떨기 더덕꽃 은은한 훈향이 오늘에사 나의 콧등을 시큰거리게 한다.

마음은 파도를 밟고 그 더덕 같은 손으로 흙 속을 뒹굴어 호박잎을 밟으며 모래밭으로 달린다. 하늘은 수평선 너머로 흐른다. 섬이 떠가고 있다. 짜릿한 갯내음은 울음 같은 파도로 성을 이룬다. 늘어진 모래사장의 두어 마리 물새는 꼬리를 치켜들고 바람을 마신다.

소년은 모래를 파헤친다. 손을 묻고 모래집을 짓는다. 다둑다둑 성을 쌓는 것이다. 하늘강아지를 잡아 놓고 성을 이룬다. 지붕에도 노오란 민들레 한 송이를 꽂아놓는다. 그리고 주위를 정결히 다듬고 견고한 축을 쌓는다.

바다가 숨을 쉰다. 샛바람은 거세어 오고 구름장이 빨라진다. 빗발이 우둑우둑 듣는다. 파아란 수평선을 바라보면 뒷산 뻐꾸기가 울어 준다. 그 울음 속에 피는 구름은 소년을 이끌고 지평선으로 날아간다.

자지러지게 핀 참꽃 덤불의 불이 훨훨 타는 꽃싸움에 계절이 가고 수수밭을 지나고 솔밭을 넘어가면 밤꽃이 떨어지는 폭포가 있다. 층암절벽을 타고 올라 자욱히 몰려오는 파도 너머로 나비가 되어 난다.

모래성은 밤비 오는 소리로 숨이 막혀 울어버린다. 소년은 이렇게 더덕 같은 내음으로 자랐다. 이제는 안경까지 쓰고 자꾸만 높아지는 성을 찾는다. 모래 속으로 숨어버린 성, 그것은 어느 먼 미래에 잠자는 민들레의 노오란 영혼일 게다.

마음 속에 이는 격랑은 더욱 거세다. 하얗게 포말 이는 꽃 속에 묻혀 눈을 감는다. 현기증이 난다. 그 속에 낚시를 드리운다. 저기 수평선을 향해 힘껏 추를 던진다.

포물선을 그으며 하늘을 나는 절규는 바다로 통한다. 유초신지곡의 선율이 흐르듯 뽑는 이 아픔에 전율 같은 순수가 전해온다.

환상의 달그림자가 소나무를 끌고 온다. 선명한 이 푸른 솔 그림자, 소나무 가슴에 찬 아픔으로 부서진 피부가 더욱 틀어지고, 그림자를 끝내 밟을 수 없는 숫된 안타까움이 바위가 된다.

노을 속에서 신선이 된 친구의 웃음소리가 들린다.

그 웃음소리로 파도가 깨어진다. 깨어지는 파도는 쌓이면 허물어지고야 마는 끝없는 반복으로 영원을 지킨다. 그 영원은 웃음으로 하늘을 메운다. 웃음이 날고 있다. 이제는 버꾸춤을 춘다. 그 속에 진정 하나의 별이 잠들어 있을 테지….

바다는 모래성을 마시고 한 떨기 노오란 민들레는 화관인 양 머리에 쓰고, 하늘을 외면하고 섰다. 바다는 하늘을 포옹할 수 없는 믿음으로 항시 가볍게 웃고만 있는 것이다.

마음에 비치는 것

달이 감나무 가지에 걸렸다. 잎마다 달빛이 영롱하다. 산등성이를 따라 쇠북소리가 번져온다. 강심에 잠긴 얼굴은 신음 같은 울음을 자아내게 한다.

여름밤은 짧다. 모닥불을 피워 놓고 할머니는 무릎에 손자를 누이고 장죽長竹을 문 채 모기와 승강이를 하고 계시다. 때때로 훅 불어오는 시원한 바람은 심장에까지 전해온다.

아이도 반듯이 누워 하늘을 본다. 쏘목쏘목 이는 수많은 별들이 하늘에 가득하다. 풋나무 타는 내음이 은은하다.

삼태성, 북두칠성, 견우직녀 늘어서고 은하수는 굽이굽이 서쪽으로 흐른다. 조모이 이야기가 되살아난다. 견우, 직녀가 만난단다. 어떻게 만날꼬. 신기롭다.

별들은 소곤댄다. 숨소리가 들린다. 달려가고 싶다. 마음 가득 별이 잠긴다. 꽃밭 같다. 그 속을 달리고 싶다. 그때 뒷골 넘어 하늘을 가로

지르며 쭉 뻗히는 파아란 줄이 달음질치며 사라진다. 깜짝 조모의 가슴으로 기어들며 묻는다.

"조모이, 저게 머꼬?"

"별똥 아이가."

"별똥이 머꼬?"

"별똥은 묵으모 참 맛내다. 졸깃졸깃하고오…"

군침이 잇사이로 모인다. 아! 저기 떨어졌다. 바위 정한 곳에 떨어진단다. 염소똥같이 생겼다네. 이 날이 새면 달려가서 맛을 봐야지. 마음에 간직하고 그대로 꿈나라로 빠지는 것이다. 새끈새끈 잠을 자면서도 연방 얼굴에는 웃음이 넘치고 있다.

아침이다. '저 산봉이라지. 내가 크모 가야지.' 울밑에 쭈그리고 앉아 바라본다.

그 하루하루가 자라 이젠 철이 들었다.

우리는 너무나 꿈을 짓밟히고 있는 것 같다. 현실 쪽에 지나치게 몸을 기대고 조화造花를 닮아가고 있다. 손가락을 헤이며 머리를 치밀려고만 한다. 시궁창의 실지렁이 같다.

본능일까. 어디로 떠가고 있는지 그저 살아만 있다는 것인지 가슴에 흐르는 은은한 샘물소리가 있는지를 모르는 체 한다. 코에 스치는 단 음식 내음 탓일까? 나를 내세우고 도취된 자신의 모습을 만족해 한다.

그 모습을 보존해 가기 위해 버꾸놀음을 꼭 해야 할까.

장자莊子에 이런 이야기가 있다. 혜자惠子가 양梁나라의 재상이 되었다. 한 번은 장자가 그를 만나러 갔는데, 어떤 사람이 혜자에게 "장자가 오는 것은 재상이 되고자 하기 때문이다"라고 고자질을 했다. 혜자는 겁을 먹은 나머지 장자를 체포하기 위해 수색을 했다.

장자는 스스로 나타나 혜자를 만나 이렇게 말했다.

"남방에 원추라는 새가 있다. 이 원추는 남해를 떠나 북해로 날아가는데 그 도중에 오동나무가 아니면 앉지 않고 죽실竹實이 아니면 먹지 않으며, 맑은 샘물이 아니면 마시는 일이 없다. 한 번은 소리개가 썩은 쥐를 주워 먹으려는 참인데, 원추가 그곳을 지나가게 되었다. 소리개는 먹이를 빼앗길까 겁이 나서 '깍' 하고 위협을 하였다고 한다. 그대도 이제 그 지위를 잃을까 두려워서 나를 향해 '깍' 소리를 쳐 위협하는 것인가?"라고.

창은 아직도 달빛이 가득하다. 모과나무 그림자가 문살에 아른거린다. 아이의 꿈도 저 달빛 한 가닥이 되어 흐른다. 머리가 큰 청년은 어지러운 목마木馬를 타면서도 산봉에 심은 그 마음을 잊지 못한다. 주위에서 '깍' 하는 소리가 연발을 하니 더욱 그런가 보다.

썩은 쥐를 빼앗길까 두려워하는 소리개의 처참한 비명을 들어 본다. 마음 아득히서 하늘을 가로 지르는 파아란 윤을 긋는 유성流星이 지평으로 넘어가고 있다.

파도소리가 내 가슴에

파도소리가 가슴에서 울려온다. 바람이 지나간다. 나뭇잎이 춤을 춘다. 옥색 하늘에는 보석 같은 별들이 일렁인다. 은하수를 가로지르는 별똥별의 파아란 꼬리가 파도에 묻힌다. 파도를 따라 만물은 생동하고 있다.

이제 산모퉁이는 자욱한 안개로 쌓이고 있다. 그 젖빛 농무 속에서 아름다운 바보 '엠마'의 마지막 웃음소리가 들려온다. 우주를 삼키는 듯한 행복도 끝내 '돈'이라는 이기利己앞에서는 허물어져 버리고, 뼈를 에는 아픔을 죽음으로 해결해야만 했던 '엠마'. 그는 꼭 그런 길을 걷지 않았다면 또 다른 액운이 그를 어떤 길로 인도했을까.

그리고 사랑하는 '카르멘'을 죽이고 자기도 또한 죽어야 하는 '동. 호세'의 애절한 이야기는 우리로 하여금 또 하나의 숙제를 더해 주는 것이다. '카르멘'의 꺾이지 않는 야성적인 순수한 눈빛은 진정 미움과 사랑의 피안을 날지 않으면 안 되었다. 정착할 수 없는 보헤미안의 강

렬한 순수를 끝까지 해결할 수 없어 비참하게 인생의 막을 내려야 했던 그들은 한 떨기 들꽃으로 바람에 하늘거리고 있는 것이다.

또, '안나'와 '우로스키이'의 운명적인 상봉, 이러한 만남이 없었던들 이들은 그런 대로 정숙한 한 아내로서, 한 어머니로서 따뜻한 가정을 지켰을 것이고, '우로스키이' 그는 그대로 자기의 인생을 걸어갔을 것이다. 허나 생활의 갈등과 고뇌 속에서의 이 행운 같은 만남은 결코 '안나' 자신의 길을 잃은 채 뜨거운 화염 속으로 끝내 산화해 버렸다.

그것이 자신의 길을 찾는 판단인지는 모른다. 그녀는 이렇게 절규했다. "나는 이제 이 이상 자기를 괴롭힌다든가 하는 것은 하지 않겠어요." "아아, 나는 어디로 가야 하나?" "나는 어디에 있는 것일까. 나는 무엇을 하고 있는 것일까? 무엇 때문에?" "하나님, 모든 것을 용서해 주십시오."

계절의 비단 폭에 묻힌 생명들은 오늘도 여전히 부푼 꿈을 향해 치닫고 있다. '엠마' '카르멘' '안나' 이들 여인들은 불같은 사랑과 용광로 속에서 자신을 불태우고 끝내 참혹하게 생애를 마쳤다. 허나 이들이 남긴 발자국은 우리로 하여금 보다 청순하고 진실한 또 다른 숭고한 생명을 찾은 빛으로 길을 밝히고 있는 것이다.

대지를 뚫고 오르는 생명의 삯. 자연은 이들에게 빛과 수분과 자양분을 공급하고 있다. 허지만 이들은 자연의 난폭에 짓밟히고 꺾이고 먹혀버리기도 하고 때로는 지쳐서 쓰러져 버리거나 비만증으로 운신을 못하고 주저앉아 버리기도 한다. 그렇지만 이들은 언제나 빛을 갈망하고 있다. 볕이 들지 않는 곳에 둔 화분은 볕의 방향으로 손발을 뻗고 드러누워 있는 것을 본다. 볕을 향해 혼신의 힘을 다해 안간힘을 쓴다. 빛은 이들의 생명의 원천이기 때문이다.

지상에는 수많은 꽃들이 피고 지곤 한다. 심산유곡에 핀 이름 없는 풀꽃 한 송이라도 그들은 순수를 지키면서 하늘을 향해 꽃을 피우고 그들의 웃음은 바람과 속삭이고 소담한 씨앗을 맺는 것이다.

이들은 청순한 생명과 건전한 육신의 성장을 위해 볕을 향해 자라고 있는 것이다. 이러한 생명과 육신의 발육은 결코 이들의 종족을 보존하고 번식시키기 위한 것이긴 하지만 그들의 생태 속에서 우리는 너무나도 정연한 질서와 윤리를 읽을 수 있는 것이다. 이는 우리 인간에 비할 바가 못 된다. 사람들은 지혜라는 무기로 그러한 윤리도 재창조하는 기능을 가졌기 때문이다. 빛은 어둠을 밝히는 법이다.

우리는 밝고 현란한 세계를 향한 긴 여로에 섰다. 나의 귀에는 바다가 우는 소리가 있다. 금방 내려앉을 것만 같은 절벽에 버티고 선 노송은 그림자를 늘이고 바다와 같이 울고 있다. 이 울음 속에서 영원히 인구에 회자할 여인상을 비추어 볼 때 우리들이 살아가는 것 또한 새 계절을 맞는 설렘으로 한 발 한 발 자신의 길을 걷고 있는 것이다.

가을이다. 이제 코스모스가 활짝 필 것이다. 그 위로 노을이 깔리면 생활의 굴레를 벗어 버리고 들꽃이 핀 산길을 한없이 걷고 싶다.

천지天池에서

안개의 바다다. 생명의 몸부림이다. 세상이 날아가고 있다. 2,744미터의 거봉을 휩쓸고 있다. 안개의 가슴은 캄캄한 어둠이다. 하얀 어둠 속에서 하늘이 떠오른다. 풀 한 포기 없는 절벽 위로 파란 역사의 맥백이 떠오른다. 세차게 몰아치는 폭풍은 너무나 평화롭다. 자유가 이런 것인가.

영봉에 올랐다. 가슴을 펴본다. 영하의 추위로 가슴이 떨린다. 달려가는 안개는 흔적조차 없다. 하얀 어둠만 짙어갈 뿐. 방향도 상하도 분별할 수가 없다. 달리는 안개의 막이 화려하다. 산이 우는지 용의 몸부림인지 귀가 떨린다.

아, 막이 올라간다. 시야가 툭 트인다. 천지의 위용이 얼굴을 내민 것이다. 발아래로 파란 신비가 펼쳐졌다. 꾹 다문 입은 말이 없다. 숨조차 쉴 수가 없다. 잔잔한 푸름이 무겁게 앉아 있다. 그러다가 천지를 둘러싼 영봉이 한꺼번에 웃음을 터뜨린다.

이것은 자연 이전의 신비다. 세찬 바람은 회오리치면서 한바탕 춤판을 연다. 푸름 속에서 자작나무의 하얀 몸이 수없이 솟아오른다. 그 속에서 어머니의 따뜻한 눈이 보이고 고향집의 굴뚝에 조용히 오르는 저녁연기의 정적이 떠오른다.

아침 햇살이 고운 저쪽은 내 피가 밴 산맥이 솟아 있지만 갈 수 없는 길, 강이 되어 언덕을 돌아가네.

안개가 다시 피어오른다. 바람이 일어난다. 하얀 어둠으로 묻힌 세상에는 아무 것도 없다. 눈에 보이는 것은 모두 지워 버렸다. 바람이 보인다. 달리는 바람을 위해 무슨 말을 해야 할까. 어둠 밖으로 뛰쳐나가고 싶다. 숨이 막힌다. 폭풍이 일고 시커먼 어둠이 몰려오더니 아무것도 찾을 수가 없다.

이대로 마냥 서서 화석이 되어야 할까. 천지는 하늘로 변해 버렸다. 하늘에는 어김없이 반짝이는 아침이 오고 있다. 자꾸만 가슴이 두근거린다.

뭉게구름

뭉게구름을 보고 있으면 잔잔한 평화가 가슴에 와 닿는다. 그 천변만화하는 형상은 누구나 공상의 세계에 잠기게 한다.

먼 산모롱이로 뭉게구름이 피어오른다. 가슴에 펼쳐진 옥색 하늘의 이슬 냄새가 난다. 그 위로 계절은 말없이 가고 있다. 정적이 흐른다. 정적은 이슬의 깊이만큼 무겁다. 정적의 깊이로 까치 한 마리가 날아갔다. 그 위로 뭉게구름은 하아얀 얼굴을 내민다.

쪽빛 하늘에서 메떼를렝끄의 〈파랑새〉가 운다. 청순하고 맑은 햇살이 살갗에 닿는 부드러운 울음이다. 띨띨과 미띨의 속삼임도 들린다. 〈바람구두〉를 신은 견자 랭보의 신화가 걸어오고 그의 목소리가 가깝다.

“별은 네 귀 가운데 장밋빛 눈물을 흘리고 / 신은 네 목덜미에서 허리까지 하얗게 쓰다듬었다. / 바다는 너의 홍조 띤 젖무덤에 다갈색물을 흘리고 / 사람은 그지없는 네 옆구리에 검은 피를 쏟게 했다.”

비너스는 별들의 합창을 받으며 장밋빛으로 나타난다. 하늘과 바다,

그리고 베누스의 신비로운 아름다움과 사랑의 결정을 찾으려는 한 인간에 의해 〈비너스의 탄생〉은 이루어진 것이다.

거기에는 카프카의 〈허무의 시끄러운 나팔〉 소리가 들리고, 게오르규의 구원을 위한 시도가 수포로 돌아가는 시간의 추가 똑딱거린다. 그리고 T. S. 엘리엇의 속이 빈 인간이 살고 있는 〈황무지〉가 구름으로 펼쳐진다. 싸르뜨르의 〈파리 떼〉가 잉잉거리고, 도미에의 〈몽유병 환자〉는 눈을 감은 채 심연의 다리를 용하게 걷고 있다.

그런가 하면 아가페적인 사랑의 머리카락이 가슴을 뜨겁게 하기도 한다. 노도 같은 생각이 정적 속으로 몰려가고 걷잡을 수 없는 몽상의 무게가 날 엄습해 오고 있다.

산모롱이로 피어오른 뭉게구름은 언제인지 모르게 흔적도 없다. 하늘은 쪽빛으로 가슴을 활짝 펴고 있을 뿐이다. 우리는 이러한 푸름을 이고 일상을 산다는 것이 얼마나 다행한 일인지 모르고 살아가고 있다.

8월이 오면

8월은 가슴 조이는 계절이다. 8월이 오면 잃어버린 유년이 되살아나기 때문이다. 그 산, 그 들판, 그 바다가 가슴을 가득 채우고 풍선처럼 떠오른다. 산과 들과 바다에 젖은 꿈을 싣고 걸어온 발자욱들과 함께 한 발 한 발 다가온다.

언제나 힘이 빠지는 도시 생활 속에서라도 허리를 펴고 먼 산을 바라보면 어제와 오늘이 이렇게 달라질 수 있을까 하는 생각이 가슴을 허전하게 한다. 그래도 8월이 오면 팔뚝에 싱싱한 기운이 솟고 있으니 얼마나 다행한 일인가.

백로白露가 어젠가 싶었는데 벌써 추석秋夕이 성큼 다가섰다. 5월 농부 8월 신선五月農夫 八月神仙이란 말이 있다. 그 길고 긴 오뉴월 뜨거운 염천에 흘린 땀과 지성으로 가꾼 오곡이 들판에 물결치고, 온갖 과일이 풍성하게 여무는 8월을 맞는 농부가 어찌 신선이 아니겠는가.

하지만, 세태는 바뀌어 인구의 8할이 농민이었던 우리나라가 이제는 줄어든 공업국으로 그 면모를 달리하고 있으니, 옛 풍습인들 제대로 남아 있겠는가. 농사가 천하지대본이라는 말이 무색해졌다.

그래도 금년 추석에는 고향을 찾는 사람들이 2,500만이나 된다고 한다. 이 모두가 농민의 자식이 아닌가. 아무리 농민의 수가 줄었다 해도 우리의 뿌리는 결국 땅에서 찾아야 할 것이다. 진정 8월은 힘의 계절이다. 그 넘치는 힘으로 떠났던 사람들을 고향으로 불러들이고 있으니 말이다.

여기저기 헤어졌던 일가친척이 고향집에 모여 오순도순 햅쌀新稻로 밥을 짓고 떡을 하고 술을 빚어 조상에 차례를 지내고 이웃끼리 서로 정을 나누며 성묘를 한다는 것은 우리들의 살아있는 정신이다.

그러면 이러한 추석의 내력을 알아본다. 지방에 따라 추석을 8월이라고 하는 곳도 있으나, 8월 보름을 추석秋夕 또는 가배일嘉俳日이라고 불러 왔다. 삼국사기의 기록에 신라 유리왕 때 궁중에서 놀던 놀이로 7월 16일로부터 나라 안의 여자들을 두 편으로 갈라 왕녀 두 사람이 한 편씩 거느리고 밤낮으로 8월 보름 전날까지 길쌈내기를 하여 진 편이 이긴 편에게 음식을 내고 노래와 춤을 추면서 즐겼다는 데서 유래되었다고 한다.

추석에는 지방마다 그 특유한 풍습에 따라 놀이를 펼쳐왔다. 추석엔 어디서나 2, 3일 간 음식과 술을 즐기면서 갖가지 놀이가 벌어진다. 대개 민속놀이는 지방에 따라 계절과 농경의례와 깊은 관계가 있어 여러 가지 형태로 나타나게 된다.

예를 들면 전북에서는 널뛰기를 한다든가, 소놀이는 경기 충청 강원 황해도 등 중서부 지방에서 주로 했다. 그리고 사자놀이는 경기 강원 이북 지방에서 행해졌다. 그런가 하면 농악은 충청도 이남의 영호남에서 주로 성했다.

이 같은 추석놀이가 제대로 정착되지 못하고 그 일부만 겨우 전승되고 있으니 안타까운 일이다. 그것도 토착민들이 자생적으로 행하는 것이 아니라 형식적인 놀이로 고작 무대에서 공연될 뿐이니 더욱 그렇다. 더구나 과거에 이러이러했다는 조사 기록 정도이니, 우리의 놀이 문화에 대한 태도가 얼마나 소극적인가 하는 반성의 여지가 있다고 생각한다.

특히 8월의 놀이 가운데 〈강강술래〉는 일반적으로 널리 알려져 있다. 기록에 의하면 호남 남해안 지방을 비롯하여 전북의 전주 임실 금산과 경북의 영일 의성에도 보이고, 황해도 연백에도 나타난다. 그러나 지역에 따라 노래의 후렴구에 변화가 생기고 노는 사람도 부녀자에게서 소녀들로 바뀌고 있다.

노는 시기도 추석뿐만 아니고 정월 대보름날에도 모닥불을 피워놓고 그 주위를 빙빙 돌면서 춤을 춘다. 모닥불에 빨갛게 상기된 얼굴로 치렁치렁한 머리채와 어울려 춤을 춘다. 노래하는 방법도 둥글게 돌면서 즉 〈고사리 껑자〉 〈덕석몰이〉 〈청어영짝〉 〈문 열어라〉 〈기와 밟기〉〈가마 등등〉〈닭쌀이〉〈남생이 놀아라〉 등이 있는데, 이 가운데 몇 가지만 어울려 노는 것이다.

이 때 부르는 노래는 느리면서 애조를 띤 진양조와 뛰어다니면서 부르는 자진 강강술래가 있다. 노래는 선소리先唱를 하면, 모든 사람들이 함께 뒷소리合唱로 받는다. 이 때 부르는 가사는 〈시집살이 노래〉다. 〈베틀가〉민요도 무관하고, 즉흥 가사에 후렴은 〈강강술래〉를 합창하는 것이다.

처음에는 느린 가락의 진양조로 춤을 추다가 점점 빨라지는 중모리, 중중모리, 자진모리로 돌아가면서 동작도 빨라진다. 이렇게 흥이 나면 원을 그리며 8월의 밝은 달과 밤을 새우기도 한다.

강강술래는 기록이나 지지地誌 등 옛 문헌이나 세시 풍속류에도 찾아볼 수가 없다고 한다. 다만 임진왜란 기원설이 널리 분포되어 있을 뿐이다. 전라도 방언에 〈원〉을 〈강강〉이라 하고, 〈술래〉는 〈수레車〉〈순라巡邏〉라고 하는데, 여기에서 유래되었다고는 하나 구체적인 연구가 별무하다.

하지만 강강술래의 노는 형태가 〈원〉이고, 8월 보름 달 밝은 밤에 노는 놀이이니 〈달〉과 깊은 관계가 있지 않나 하는 생각이 든다. 보름에 뜬 달은 만월이다. 그 둥근 달 아래 원을 그리며 논다는 것은 자연과의 일체인 동시에 조화의 세계다.

내 고향은 통영군 사량면 양지리라는 작은 섬마을이다. 오곡이 풍성한 들판에서 소박한 사람들이 신명을 다하면서 사는 다정한 동네다. 이 고장을 떠난 것이 9세 때이니 무슨 뚜렷한 기억은 나지 않지만 꿈속 같은 영롱한 설 추석 명절이 내 마음 밑바닥에 그래도 남아 있다.

동녘 하늘에 둥근 달이 떠오르면 정화수 떠 놓고 소원을 빌던 조모님의 손이 지금도 떠오른다. 중천에 뜬 달은 하도 밝아 마음속까지 비춘다. 동네마당에는 한바탕 매구를 치고 어른 아이 없이 춤을 춘다. 그리고 모래판에는 장정들이 씨름을 하고 소리소리 치던 것이 어제인 듯 들려온다.

도시의 문명과는 담을 쌓은 곳일 뿐 아니라 대동아전쟁이 마지막 안간힘을 하던 시대이니 그 시절의 처절함이 지금도 느껴진다.

무어라 해도 추석은 달이다. 둥근 달이 동산에 떠오르면 만상은 꿈을 꾸듯 달빛으로 칭칭 감긴다. 이런 달에 관한 이야기는 너무나 많다. 아무리 암스트롱이 달을 밟고 왔다고는 하지만 그 달의 신비는 그대로 살아 있다.

달의 주기는 태초부터 조수 간만과 깊은 관계가 있으며, 여성의 생리와도 신비스런 관련을 하고 있다는 것이다. 이것이 수백만 년 동안 지속되어 온 생명의 리듬이라 하였다. 그래서 남성적 특성은 해에게서, 여성적 특성은 달에게서 기인된다고 했다.

신성한 결혼Hieros gamos이란 말은 '하늘과 땅의 결혼' 혹은 '해와 달의 결혼' 이라는 뜻이라 한다. 그리고 봄은 겨울에 이어 오고, 서리 다음에는 꽃이 피고, 어둠이 가면 다시 태양이 떠오른다. 초승달이 차면 새달(만월)이 되는 것이다. 이런 우주적인 주기는 재창조 즉 부활의 등식으로 이루어진 흐름이라 생각한다.

달의 조절적 기능은 물과 비의 순환에서도 찾아볼 수 있다. 그러므로 달과 땅, 그리고 하늘의 중재자로서 지구의 위상을 조절하고 결정할 뿐만 아니라 자신의 기능으로 통일시켜주기도 한다.

달은 원이라는 또렷한 형태에 고통스런 변형을 감수하는 존재이다. 이 점은 인간의 일생이나 생물학적인 이치와도 유사성을 보여준다. 다시 말하면 달도 변화와 성장(유년에서 성숙으로)과 쇠퇴(성숙에서 노년으로)의 법칙을 따른다.

이처럼 달의 순환의 원리가 일정한 리듬에 의해 주기적으로 이루어지고 있으니 어찌 보면 육신의 피와 같은 작용을 하는 것이라 상상해 본다. 이러한 달에 관한 단상 또한 허망한 짓이라 접어두고라도, 추석을 달과 더불어 맞는다 생각하니 한결 마음이 밝아온다. 졸시 한 편을 적어 본다.

달을 보고 있으면
흙내가 난다.
깜부기가 핀 보리밭에
갑사댕기

열두 발 상모가 돌아가는

달이 와서

한바탕 버꾸를 놀았다.

– 〈달아 달아〉 전문

항주의 하루

1991년 8월 3일.

나는 지금 소주에서 항주로 가는 버스를 타고 있다. 룬추안짠에서 출발하는 배로 운하의 경관을 볼 수도 있다지만 우리 일행은 버스를 타는 수밖에 없다. 버스는 운하를 따라 달렸다. 북경까지 이어진 운하에는 수많은 화물선이 배와 배를 연결하는 줄을 잇고 대륙의 특이한 햇살은 운하의 검은 물빛에 반사되어 이국의 정취를 한층 더하고 있다. 가도 가도 끝없는 벌판에는 온통 뽕나무밭이다. 지평선과 뽕잎과 하늘만 있을 뿐이다. 30도를 웃도는 더위에 숨이 차다. 휴게소는 아예 찾을 수 없다. 어느 직물 공장 화장실을 빌렸다.

이곳은 표현조차 하기 어려울 정도다. 차라리 참는 고통이 나을 지경이다. 하지만 펼쳐진 대지의 숨결은 보다 신선하다. 뽕나무밭이 다 했는가 하면 삼밭이 다시 펼쳐진다.

연도에 띄엄띄엄 서 있는 가옥들의 고풍스런 양식도 특이하다. 용마

루는 용의 형상이고 담벼락도 용이 등천하는 기상 그대로다. 막상 항주에 도착하니 무엇인가 아쉬운 생각이 앞선다.

마르코 폴로가 '지상에서 가장 아름다운 도시' 라고 경탄한 것이 우연이 아닌 성싶다. 더구나 백낙천 소동파 같은 대시인이 관리를 지내면서 항주를 노래한 곳이니 더욱 그러하다.

특히 시후스징西湖十景은 빼놓을 수 없는 명소이다. 이 서호는 7백여 년 전 남송 때부터 그 아름다움을 자랑한 곳이기도 하다. 그 가운데 후신팅湖心亭과 싼탄인유에三潭印月는 많은 이야기가 숨은 곳이기도 하다.

서호에 떠 있는 섬은 동서로 죽림竹林의 길이 있고 남북으로는 지이취치아오九曲橋가 걸려 있다. 구곡교 남단에 서 있는 돌비석에 새겨놓은 삼담인월三潭印月은 청나라 때 명필 강희제의 필적이다. 섬 남쪽 수면에는 높이 2미터의 석탑 3개가 서 있다. 1621년에 세웠다는 이 탑신에는 5개의 둥근 구멍이 일정한 간격으로 배치되어 있다.

그런데 원신앙인팅我心相印亭 서윤시徐潤是의 필적이라는 현판이 붙어 있는 건물 앞에 서서 3개의 탑에 새겨진 구멍을 통하여 보는 호수의 풍경은 가슴을 뜨겁게 한다. 더구나 달이 밝은 호수에 배를 띄우면 유에꽝탄月明潭에 비친 3개의 탑을 볼 수 있다고 한다. 이것이 삼담인월인 것이다.

좁은 지면에 많은 이야기는 생략하고 이러한 풍광이 과연 아름답다는 생각보다 '너무 인위적이고 과연 웅장하구나' 하는 느낌이 들 뿐이다. 우리의 자연은 이보다 훨씬 아름답다. 그리고 거짓 없고 산만하지 않은 정자의 멋에 어찌 비길 수 있으랴. 우리의 자연은 우리 스스로의 자긍이 아닐 수 없다.

땅울림, 그리고 생명

오늘은 입추다. 가을 냄새가 난다. 내설악의 깊은 계곡은 하얀 햇살로 가득하다. 온통 푸름의 공간을 가득 채운 산의 숨소리에 가슴이 울렁인다. 평화롭다.

이런 자연의 맥박을 느낄 수 있는 한 예술가를 매미 소리 칭칭 감긴 울창한 잣나무 밑에서 만났다. 그는 1989년 〈비무장지대 예술문화운동협의회〉를 구성하여 지금도 그 운동을 전개하고 있는 화가 이 반이라는 분이다.

20여 년간 비무장지대와 관계된 전반적인 자료를 수집하여 왔다. 그 결과 《비무장지대의 과거 현재 미래》(비무장지대 미술운동 연구소, 1995)라는 책을 편찬하기에 이르렀다.

그는 이 책에 대해 "이 시대를 증언할 벽화의 내용을 발상하고 그 주체를 발전시키는 과정에 정리한 것"이라고 했다.

저 싱싱한 푸름의 가슴에는 인간 비극의 그림자를 찾아볼 수가 없다.

거대한 정적의 흐름이 흩어지고 있을 뿐이다. 그러나 그 푸름의 뿌리가 내린 토양에는 역사의 상처로 물든 아픔이 배어 있으니 이 또한 하나의 아이러니가 아닌가.

이 책은 비무장지대의 과거 현재 미래로 나누어 편집되어 있다. 대략의 내용을 보면 우주탄생의 숭고함과 성스러움, 역사의 흐름이라는 산맥에는 일제하의 비극적 상처와 민족상잔의 피눈물 밴 상흔이 얼룩져 있다. 이를 소재로 한 수많은 작가의 작품도록과 그 당대의 사진을 수록하고 있다.

DMZ를 상징한 그림과 조각, 그리고 현장감 나는 사진, 모두가 오로지 비극의 현장이다. 〈불타는 정적 / 달리는 평행선〉〈거미줄에 엉킨 아이〉〈녹슨 철조망〉〈탄흔이 있는 철모에 자란 한 떨기 들꽃〉〈파괴된 철로〉〈군사분계선〉이라고 쓴 푯말에 앉은 비둘기를 표현한 이들 작품들은 잠자는 진실을 자극한다.

때문에 비무장지대는 살아 있다. 거기는 동식물의 천국이다. 비록 비극의 선이지만 거기에는 생존이라는 가치와 생태계 유지라는 커다란 의미를 가진다. 생태계의 종말은 인류의 종언을 말하기 때문이다.

거기에는 멸종되었다고 한 영서지방의 '열목어' 와 영동지방의 심산유곡에만 사는 '산천어' 와 같은 희귀한 어류가 그대로 살아 있다. 그 밖에도 금강산에만 있다고 알려진 '금강모치' 가 발견되기도 했다. 뿐만 아니라 '참밀드리메뚜기' '물망개' '물땅땡' '뒷가슴 가시별꽃' 등

20여 종이 채집되기도 했다.

또 동부전선 비무장지대에서는 멸종 위기에 있는 희귀동물 '산양(천연 기념물 217호)'이 1백 마리 이상 집단 서식하고 있다고 한다. 이는 비무장지대의 특수한 환경 때문인 것이다.

수많은 야생화 또한 다채롭다. '기생꽃' '꽃풀' '자주종덩굴' '금강초롱꽃' '초롱꽃' '솔붓꽃' 등이 그것이다. 숱한 새들의 천국도 바로 DMZ이다.

이 단체는 〈비무장지대는 비건설지대로〉 〈침묵의 공간을 평화의 지대로 만들자〉라고 외치고 있다. 햇살이 반짝이는 바위 사이로 흐르는 물소리가 한결 청결하다. 저만치 가을이 다가오고 있다.

사랑의 능력

이 세상에는 하늘의 별만큼 수많은 책이 있다. 그 어느 것 하나라도 귀하지 않은 것이 있겠는가. 이같이 많고 귀한 책 중 이탈리아의 시인 단테의 《신곡》은 더욱 우리의 가슴을 울리는 명작이다. 단테는 중세기와 문예부흥기를 잇는 인물로서 그의 모국어로 쓴 최초의 작품이 이 희곡이다.

《신곡》은 기독교적 세계관에 의한 인생의 일대 축도로서 그 사상이 심원하고 구상이 웅대하여 고금을 막론하고 종교 문학의 최고 걸작이라고 할 수 있다.

그 구성은 지옥편, 연옥편, 천국편의 3부작으로 중세의 철학 신학은 물론 진선미를 겸비한 '사랑'의 능력으로 인간의 영혼을 어떻게 구제하였는가를 노래하고 있다. 단테는 35세에 이르러 회의에 빠져 베르길리우스와 베아트리체의 안내로 칠흑 같은 숲 속을 헤치며 1주간에 걸쳐 피안의 세계를 편력한 것이 《신곡》의 줄거리다. 그 줄거리는 대충 다음과 같다.

단테는 베르길리우스의 안내로 지옥으로 내려간다. 거기에는 열풍이 불고 불꽃이 쏟아지는 가운데, 고금의 역사상 저명인사들이 괴수와 지내고 사자가 생전에 범한 죗값을 받는 장면을 본다. 즉 이단자는 타오르는 묘소에서 악취를 뿜고 있고, 가시나무로 변형된 자살자는 괴조에게 뜯기고, 요술사는 머리를 뒤틀리고, 연금술사는 나병과 옴에 시달리고, 대반역자는 악마의 괴수 루시퍼에게 물어뜯기고 있다.

이 같은 아홉 동네의 괴로움에 시달리는 지옥을 보고 밝은 세계로 올라온다. 연옥은 남반구의 중심이 되는 곳으로 모든 크리스트 교도가 생전에 지은 죄를 씻기 위한 정죄의 산이 솟아 있다.

여기서 세 개의 층층대를 올라가면 연옥의 문이 있는데, 이 문은 금과 은의 열쇠로 열게 되어 있다. 이 연옥은 각종 범죄자가 잘못을 뉘우치고 있는 곳이다.

이것을 보고 두 시인은 산마루의 낙원으로 간다. 여기서 시인은 베르길리우스와 이별을 하고 레테의 강을 건너 영원의 여성인 베아트리체를 만나 그에게 인도되어 천국으로 올라간다. 마침내 최상의 세계에 들어간다.

시인은 먼저 태양의 신 아폴론에게 겸손한 기도를 올린 뒤 위대한 시의 완성을 생각하며 베아트리체와 함께 하늘로 올라간다. 이곳은 천사와 흰 옷 입은 성도들이 순백의 장미꽃 모양으로 둘러앉아 있는

데 많은 천사들이 이곳을 돌고 있다.

시인은 천상의 장미와 성모 마리아가 있는 곳으로 인도된다. 마리아에게 기도를 올리자 시인은 영원의 세계, 최고의 세계에 합일하게 된다.

이 작품은 로마의 시인 베르길리우스의 작품이 원동력이 되었고 그의 영원한 연인 베아트리체에 대한 고결한 사랑으로 이룩되었다고 한다.

단테는 이역인 라벤나에서 불우한 생애를 마쳤다. 그의 묘비에는 '사랑을 잊은 어머니여 / 플로렌스가 낳은 단테 / 조국으로부터 추방되어 이곳에 묻히다' 라고 새겨져 있다.

담쟁이의 눈빛

담쟁이는 옛부터 인간과 친밀한 관계를 가진 식물 중의 하나이다. 이 담쟁이는 포도과에 속하는 낙엽 만목蔓木으로 부착근附着根을 갖추고 수목이나 돌담에 기어 올라가는 성질을 지니고 있다.

잎은 원심형圓心形을 이루고 세 갈래로 얇게 갈라졌고, 잔잎은 난형으로 표면이 매끈하다. 초여름에 담녹색 꽃이 피어 가을에 구형球形의 장과漿果가 자줏빛으로 익으면 한층 담쟁이의 기품이 드러난다.

더구나 가파른 벼랑이나 숲 속에 주황빛으로, 혹은 새빨갛게 활활 타는 단풍은 보는 이로 하여금 가슴을 설레게 한다. 뿐만 아니라 자연의 경이와 아름다움을 일깨워 주기도 한다.

담쟁이는 우리나라 전역에 분포하고 있으며, 일본, 대만, 중국, 만주 등지에서도 자생하고 있다. 이런 담쟁이를 옛부터 정원이나 담 밑에 심어놓고 관상하여 온 것은 아마 담쟁이의 싱싱한 생명력과 어디든지 파고드는 폭 넓은 열린 의지에 연유하고 있지 않았나 싶다.

더구나 담쟁이 넝쿨은 봄 · 여름 · 가을 · 겨울에 따라 독특한 멋을 간직하고 있으니 더욱 정다움을 느끼게 한다고 생각된다.

내가 어릴 때만 하여도 담쟁이 넝쿨은 집집마다 돌담이나 울타리를 장식하고 있었다. 우리 집도 예외는 아니었다. 그 때는 나무 울타리가 있긴 해도 대개가 돌담불돌담이다. 거기 의례히 담쟁이를 올려놓았다.

우리 집 돌담은 세월이 몇 구비가 흘렀는지는 몰라도 담쟁이 넝쿨이 등걸 같은 줄기가 되어 돌담 사이로 요리조리 얽혀 있어 이들은 이미 하나로 뭉쳐 있었다. 그리하여 여간한 경우에도 담은 허물어지지 않으니 상부상조의 미덕은 여기에서도 상존하고 있었다.

계절이 오고가는 것은 자연의 섭리이다. 겨울이 오면, 그 유년의 겨울은 눈 속에서 보낸다. 함박눈이 펑펑 내리는 창을 보며 가슴이 부푼다. 내리는 눈은 하얀 손을 뻗혀 세상을 한빛으로 다듬어 놓는다. 산에도 눈, 들에도 눈, 지붕이며 돌담 위에도 눈은 펑펑 쌓인다. 모진 설한풍이 한바탕 휘젓고 가도 쌓인 눈을 보면 포근하기만 하다.

춥고 긴긴 겨울의 눈 속에 묻힌 담쟁이의 눈芽은 새봄의 꿈만 꾼다. 활짝 필 화사한 꿈의 겨울을 나는 것이다. 담쟁이는 겨울이 그의 생명의 샘이라는 것을 이미 알고 있는 견인주의자다. 그는 봄이 올 것을 느끼고 있다. 그리하여 참고 견디며, 눈 속에 자라는 커다란 세계가 꿈의 눈을 뜨게 할 준비를 하는 것이다. 비록 기근氣根의 약한 뿌리지만 끝없이 뻗혀가는 끈질긴 촉수는 어디에든지 머리를 내미는 것이다.

내미는 머리의 끈기를 보라. 한뜸한뜸 조심스럽게 이어가는 모습을 보고 있으면 '과연!' 하고 경탄을 금치 못할 것이다.

그의 생기 있는 줄기는 무성한 초록의 세계를 이루어 놓는다. 여름이 한창이면 담쟁이 이파리는 더욱 무성해진다. 그 무성한 이파리의 줄기를 따서 탱근(담쟁이 잎줄기를 눈 아래 위쪽에 걸어 눈을 크게 만드는 놀이)을 하고, '어흥' 하며 호랑이 흉내를 내고 놀던 때가 생각난다.

중복中伏이 지난 한낮은 삽살개의 기지개만큼이나 맥이 빠지는 때다. 식은 보리밥 한 덩이와 된장 풋고추에 찬물 한 사발로 점심을 때우면 노곤한 잠이 뼛속까지 저려든다.

오후의 햇살은 기성을 토하는데 더위를 지키고 선 돌담 위로 누런 능구렁이가 점잖은 자세로 두 가닥 혀를 날름거리며 담쟁이 넝쿨 사이로 서서히 다가온다. 일변 집안을 내려다보며 따바리(똬리)를 튼다. 누런 몸뚱이는 햇볕에 번쩍번쩍 빛이 난다.

이 때 우리 조모님은 삿갓 쓰고 정화수 받쳐놓고 치성을 드린다.

"오던 길로 도로 가서 시양세계 좋은 곳 가세."

손을 비비며 거듭거듭 치성하면 능구렁이는 알았다는 듯이 두 가닥 혀를 날름거리며 오던 길로 천천히 돌아가는 것이다. 하지만 담쟁이는 끝까지 말이 없다.

저녁연기가 조용히 오르면 긴긴 하루해도 기울어진다. 서녘 하늘이 붉게 타는 북새가 일면 무거운 밤이 서서히 다가오는 것이다.

수숫잎이 흐늘거리는 바람 한 줄기가 지나간다. 가슴까지 찬기가 스친다. 밤이슬이 촉촉이 내린다. 더위에 지친 모든 생물이 생기가 돈다. 돌담은 온통 담쟁이의 세상이 된다.

그 담 밑 마당귀에 멍석을 깔고 모캐불을 지피면, 반짝이는 별무리는 왜 그리 많던고! 은하수는 중천을 가로질러 흐르는데 북두칠성이며 삼태성이 하늘에 가득하다.

그리하여 담쟁이 꽃이 피고 열매가 익으면 그 너머로 아련히 늘어선 수평선이 한결 두렷이 어깨를 내민다. 새빨갛게 물든 담쟁이의 몸은 불길이 오른다. 활활 타오른다. 초록의 청춘은 붉게 물들어 버렸다. 이제는 하나의 낙엽으로 돌아가야 하는 것이다. 흙이 되는 것이다. 서리가 내릴 때쯤이면 앙상한 줄기만 남아 돌담 사이로 얽혀 있을 뿐이다. 그러나 담쟁이는 내일의 새로운 꿈을 위해 겨울을 맞는 것이다.

내 유년을 치엉치엉 감고 있는 담쟁이는 이제 내 가슴에만 남아 있다. 유년의 꿈이 엉긴 돌담과 담쟁이 넝쿨의 생생한 모습은 어디에도 찾아 볼 수 없기 때문이다.

어찌어찌 짬을 내어 정든 옛집을 찾아가면, 그 때 그 모습, 그 목소리가 여기저기에서 꿈틀꿈틀 일어선다. 이제는 정작 꿈속에서만 볼 수 있게 되었으니….

내 고향 마을에 전기가 들어오고, 항만도 축조하고 공장도 새로 지어 도시처럼 분주하다. 다방도 생겼고, 카페도 여러 군데 있다. 집집마다 가전제품이 들어오고 문명을 누릴 수 있게 되었다.

그런데 얼마 전에 누전으로 그만 우리 옛집이 고스란히 불에 타버리고 말았다. 돌담도 블록 담으로 바뀌고 담쟁이는 자취를 감추었다. 하지만 눈 속 깊이 꿈꾸는 담쟁이의 눈빛은 내 가슴 속 깊이에서 눈을 뜨고 있다.